KB130311

10년 전을 사는 여자
10년 후를 사는 여자

10-NEN SAKI WO KANGAERU ONNA WA, UMAKU IKU

Copyright © 2013 by Mayumi ARIKAWA

First published in Japan in 2013 by PHP Institute, Inc.
Korean translation rights arranged with PHP Institute, Inc.
through Shinwon Agency Co.

10년 전을 사는 여자
10년 후를 사는 여자

피하고 싶지만
언젠가 겪게 될 것들에 대한
아프지만 솔직한 조언

아리카와 마유미 지음 | 송소영 옮김

웅진 지식하우스

계속 성장하는 사람들은 알고 있다

지금부터 이 책을 통해 아주 중요하지만 거의 모든 이들이 따로 배운 적 없는 이야기를 하려고 합니다. 가끔은 피해가고 싶은 내용이 있을지도 모릅니다. 하지만 자신을 위한 삶을 만들어가기 위해 꼭 필요한 처방전이라고 생각해주세요.

　오늘날 많은 사람들이 불투명한 미래를 비관하며 실패를 두려워하고, 위험을 피해가려고 움츠린 채 살고 있습니다. 하지만 두려워하지 않았으면 좋겠습니다. 어떤 상황이라고 해도 자신에게 다가올 시간들이 기다리고 있다는 사실은 변하지 않습니다. 그리고 그 시간들을 소중하게 맞아야 합니다. 두렵다고 해서 현재만 생각하고, 미래는 나와 상관이 없다는 식으로 생각해서는 안 됩니다.

그렇다면 미래를 생각한다는 것은 어떤 것일까요? 어떤 이들은 스스로에게 기운을 불어넣기 위해서 '나는 앞으로 잘될 거야'라는 주문을 외우기도 합니다. 분명 그런 주문은 도움이 됩니다. 그러나 미래를 좀 더 구체적으로 그리는 연습을 할 줄 알아야 합니다.

미래를 그린다는 것은 10년 후를 생각할 줄 안다는 것입니다. 1년 뒤의 일도 모르는데 어떻게 10년 앞을 내다볼 수 있을까요? 물론 누구도 알 수 없습니다. 그러나 10년 후의 자신이 어떤 모습일지 생각해보는 연습을 하는 사람과 그냥 생각 없이 10년을 흘려보내는 사람은 당장 오늘부터가 다릅니다. 10년 후를 목표로 진취적으로 행동하는 사람과 아무 생각 없이 멍하니 지내는 사람은 차이가 있습니다. 그 차이가 지금은 아주 작을지 모르지만, 10년이 지나는 동안 엄청나게 커집니다.

현재의 나이가 20대라면 30대를, 30대라면 40대를, 40대라면 50대를 그려보세요. 거울 앞에 서서 앞으로의 자기 모습을 떠올려보는 것입니다. 그러나 여성들의 경우, 이런 경험을 거의 갖지 않습니다. 특히 여성들은 자신이 과거에 더 아름다웠다고 생각하는 경향이 있습니다. '20대 때가 힘들기는 했어. 그렇지만 그때 나는 활기차고 밝았는걸'과 같이 생각하는 것입니다.

그런 태도도 물론 인생을 사는 데 도움이 됩니다. 과거를 긍정하는 것도 삶에 큰 에너지를 주니까요. 하지만 당장 오늘 내가 무엇을 해야 하는지 판단하고 결정하는 근거가 되지는 않습니다. 10년 앞을 내다본다는 것은 무엇보다 지금 해야 할 일을 보기 위해서입니다.

제가 회사를 그만두고 글을 쓰기 위해 고향을 떠나기로 결정한 것이 바로 10년 전의 일입니다. 그때 10년 후의 제 모습을 그려봤습니다. 만약 '당장 2, 3년 안에 뭔가를 이룰 수 있을까' 하고 생각했다면 엄두가 안 났을 것입니다. 그러나 10년이라는 시간 동안에는 상당히 많은 것을 쌓을 수 있겠다고 생각했습니다. 그리고 바로 지금 시작해야 한다고 느꼈습니다.

잘되리라는 보장은 어디에도 없었습니다. 익숙한 곳을 떠나 아는 사람이 전혀 없는 곳으로 간다는 리스크도 포함해서, 내 능력이 어느 정도 사회에 통할지도 모르는 상태였지요. 하지만 눈앞에 펼쳐진 일을 하나씩 정성껏 해나가면, 시간은 걸리더라도 언젠가는 내가 원하는 곳에 도착할 수 있을 것 같았습니다.

"현실은 그렇게 간단하지 않아."

"나이도 있는데, 이제 결혼해서 안정된 생활을 하는 게 어때?"

걱정하는 마음으로 이런 말을 해주는 사람도 있었습니다. 하지만 저는 낙관적인 마음으로 발을 내디뎠습니다. 지금은 무서워도 이대로 10년 후를 산다고 생각하니, 반드시 해내야겠다는 마음이 강해졌습니다. '어떤 상황이 벌어지더라도 설마 굶진 않겠지. 만일 일이 잘 안 풀리면 다시 처음부터 시작하면 되지.' 그리고 가야 할 길에 놓인 '리스크'에 대해서는 다방면으로 미리 생각해두고 있었습니다.

그 이후 제가 수많은 사람들을 만나면서 깨달은 것은 지혜로운 사람일수록 낙관적이라는 점입니다. 그러나 무턱대고 낙관적이어야 한다는 말이 아닙니다. 낙관적인 생각만으로는 원하는 미래를 손에 넣을 수 없다는 점 또한 알아야 합니다. 철저히 낙관적이면서도 한편으로 만일의 사태에 대비할 필요가 있습니다.

긍정적인 측면뿐 아니라 빠지기 쉬운 함정이나 치러야 할 비용, 닥칠 수 있는 위험도 미리 생각해서 각오하고 준비해야 합니다. 만일의 사태에 대비할 수 있는 대책을 다양하게 만들면 만들수록 대담한 도전을 할 수 있으니까요. 이것은 미래를 '비관적'으로 보는 시각과는 다릅니다. 자신의 미래에 대해 구체적으로 고민할 수 있다면, 오히려 다가올 미래를 즐길 수 있습니다. 이것이 진짜 낙관적으로 사는 방법이지요.

무엇보다 미래를 생각하는 것, 그 자체가 부정적인 자세로는 절대 할 수 없는 일입니다. 미래가 현재보다 더 좋을지 더 나쁠지는 알 수 없습니다. 그렇기 때문에 더욱 철저하게 낙관적인 자세를 가지고 자신이 원하는 미래를 그려야 합니다. 여러분이 자신의 인생 스토리를 철저하게 낙관적으로 그릴 수 있다면, 그리고 어떤 위험도 피하지 않고 전진할 각오가 있다면, 10년 후의 미래는 분명 빛날 것입니다.

지금 이 시대가 그리 쉽지 않다는 것을 저도 잘 알고 있습니다. 모든 것은 변하고, 안정적인 것이 점점 줄어들고 있지요. 하지만 인생의 선택지가 많은 시대에 살고 있다는 것은 분명히 기회입니다. 인생을 남에게 맡기지 않고 자신의 의지로 개척할 수 있기 때문입니다. 지금부터 앞으로 10년, 자신이 진화하는 과정을 마음껏 즐길 수 있길 바랍니다. ◇

차례

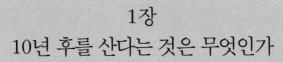

1장
10년 후를 산다는 것은 무엇인가

스스로가 아직 어리다고, 아직 젊다고 생각하면,
내 삶이 앞으로 갈 수 있는 길이 아주 많아 보입니다.
저는 그것을 함정이라고 생각합니다.
인간은 선택할 것이 많으면 혼란스러워합니다.
무엇보다 선택지 자체를 줄이는 연습을 해야 합니다.
그렇지 않으면 결국 상황에 밀려서 선택하게 됩니다.

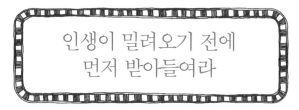

인생이 밀려오기 전에
먼저 받아들여라

나는 일찌감치 나의 인생을 받아들이기로 결정했다.
나는 인생이 나를 위해 특별한 것을 해주리라고는 결코 기대하지 않았다.
하지만 내가 희망했던 것보다 훨씬 더 많은 것을 이룬 듯하다.
대부분의 경우 그런 일은 내가 찾지 않아도 저절로 일어났다.

오드리 헵번 배우

'어떤 식으로 살아야 좋을까?'

우리는 살면서 몇 번이고 이런 질문을 반복합니다. 저도 마찬가지였습니다. 20대와 30대에는 헤매기만 했지요. 그때는 어떤 방향으로 가야 할지, 무엇을 할 수 있을지, 아니 무엇을 하고 싶은지조차도 모르는 상태였습니다. 20대 초반에는 '앞으로 전업주부로 살게 되지 않을까? 일은 결혼하기 전까지만 하지 않을까?'라고 생각했습니다. 그러다 보니 오히려 부담이 큰 일은 피하게 되었습니다. 아르바이트 수준의 사무직 업무나 단기 프로젝트와 같은 일들을 주로 찾았습니다. 당시 결혼을 약속했던 사람도 제게 그런 가벼운 일을 하는 것이 더 좋지 않겠냐고 했습니다.

그러던 어느 날, 갑작스럽게도 그 사람과 헤어지고 말았습니다. 사랑하는 사람과 헤어진 슬픔은 매우 컸습니다. 그 슬픔 속에 내동댕이쳐진 상태에서 알게 된 것이 1가지 있습니다. '남에게 인생을 맡기는 것만큼 위험한 일은 없다'라는 사실입니다. '이제부터 자립적인 삶을 살아야겠다'라고 생각한 저는 한 회사에 취직하여 5년 정도 정말 열심히 일에 몰두했습니다. 하지만 장시간 이어지는 노동과 중간 관리직이 되면서 받는 스트레스로 인해 몸도 마음도 만신창이가 되어 결국 퇴직을 하고 말았습니다.

그때가 30대였습니다. 몸을 추스르고 다시 취업 준비를 하다가 문득 깨달았습니다. 저에겐 특별히 나만의 기술이라 할 만한 것이 아무것도 없다는 사실이었습니다. 그때까지 일한 회사에서는 승진도 했고 실적도 인정받았습니다. 하지만 특별히 어떤 자격증이 필요한 일이 아닌 단순한 매장 관리직이었습니다. 다른 직종이나 다른 회사로 옮길 때 경력으로도 인정받지 못하는 종류의 일이었습

18

니다. 면접장에서 분명하게 "저는 이러이러한 일을 잘합니다"라고 말할 수 있는 게 없었습니다.

이번에는 어떤 곳에 가도 통용되는 기술을 익혀야겠다고 생각했습니다. 그중 생각해낸 것이 사진이었습니다. 열심히 사진 촬영 기술을 익혔습니다. 그리고 이 기술을 바탕으로 한 지방 신문사에 계약직 사원으로 채용되었습니다. 제가 생각한 대로 된 것이지요. 그래서 저는 안심했던 것 같습니다. '그래, 가능하면 퇴직할 때까지 여기서 일해야지'라는 생각마저 했습니다. 하지만 기쁨은 한순간이었습니다. 회사 사정이 어려워지자 모든 계약직 사원이 5년까지만 일하게 되었습니다.

그제야 겨우 '비정규직은 언제라도 잘릴 수 있다'라는 리스크를 온몸으로 실감했습니다. '나는 앞으로 어떻게 살아야 하는 걸까?' 아마 사람에 따라서 여러 선택을 할 수 있었을 것 같습니다. 저는 어차피 인생이란 계약직이든 정규직이든 '불안정'이라는 이름의 리스크에서 벗어날 수 없다고 생각했습니다. 그렇다면 차라리 마음껏 자유롭게 살자는 생각이 들었지요. 스스로의 능력을 시험해보고 싶었던 저는 고향을 떠나 자유 기고가로서의 삶을 시작했습니다.

그 과정이 마음먹은 대로 쉽지는 않습니다. 하루에도 수십 번씩 이런 생각이 들었습니다.

10년 후를 산다는 것은 무엇인가

'어째서 나는 이렇게 방황하며 지내는 걸까?'

'난 왜 계속 실패만 할까? 왜 나만의 삶의 방식을 찾지 못하는 거지?'

그러다 다른 사람들도 같은 고민을 할 것이라는 생각이 들었습니다. 나에게 특별하다고 느껴지는 고민이 사실은 다들 하고 있는 고민이라는 사실을 깨달은 것이지요. 누구나, 특히 여성이라면 다음과 같은 고민을 안 해본 적이 없을 겁니다.

—열심히 일해서 경력을 쌓을까? 적당히 일하면서 인생을 즐길까?

—혼자서 살까? 부모님과 함께 살까?

—일을 중심으로 살까? 가정을 중심에 놓고 살까?

—결혼을 하고 나서도 일을 할까? 경력을 쌓은 후에 출산과 육아를 진행할까? 둘을 동시에 진행할까?

—일하는 동안 아이는 어떻게 할까?

—부모님을 간병해야 하는 순간이 오면 어떻게 해야 할까?

자기 일부터 가족의 일까지, 많은 이들이 이런 고민 속에 살고 있습니다. 눈앞에는 수많은 선택지가 있는데, 어떨 때는 모두 좋아 보이고 어떨 때는 다 힘들어 보이기도 합니다. 이렇게 사는 사람과 저

10년 전을 사는 여자, 10년 후를 사는 여자

렇게 사는 사람 등 다양한 삶의 방식에 대한 정보 속에 혼란은 더 심해집니다. 각자 다양한 경위와 사정으로 삶의 방식은 점점 더 복잡하고 세분되어, 내 삶의 모델이 될 만한 사람은 찾을 듯 찾지 못합니다.

'이제 어쩔 거야? 결정해야지. 최종 선택은?'

우리는 항상 선택을 강요당합니다. 도대체 왜 이렇게 선택이 어려운 걸까요? 그것은 스스로가 너무 많은 선택지를 생각하기 때문입니다. 그러나 한발만 뒤로 물러서서 보십시오. 긴 인생을 두고 보았을 때 과연 어떤 선택을 해야 옳을지 스스로에게 물어본다면 그 순간 분명해지는 답은 하나 혹은 많아야 서너 개밖에 안 됩니다.

스스로가 아직 어리다고, 아직 젊다고 생각하면 내 삶이 앞으로 갈 수 있는 길이 아주 많아 보입니다. 물론 자기 삶의 기회를 다양하게 탐색해보는 것은 필요한 일입니다. 또 많은 이들이 선택지가 많아야 좋은 것이라고 여깁니다. 하지만 저는 그것을 함정이라고 생각합니다. 인간은 선택할 것이 많으면 혼란스러워합니다. 그리고 그 혼란은 집중력을 떨어뜨립니다. 어떤 선택을 해도 만족스럽지 못합니다. 그리고 남성에 비해 여성이 더 많이 혼란스러워하고, 이것저것 고르고 비교하며, 선택한 다음에도 미련을 가집니다.

그래서는 안 됩니다. 자기 중심을 잡고, 자기에게 맞는 선택지를 고르고, 그것에 확신을 가져야 합니다. 무엇보다 선택지 자체를 줄이는 연습을 해야 합니다. 그렇지 않으면 결국 상황에 밀려서 선택하게 될 것입니다.

　말처럼 쉽지 않은 일이라는 것을 알고 있습니다. 생각해보면 부모님 세대만 해도 지금처럼 선택지가 많지 않았습니다. 여성들의 경우는 더 인생의 경로가 다양하지 않았습니다. 거의 정해져 있었지요. 여성들이 결혼해서 가정을 꾸리고 아이를 키우는 것이 당연하다고 생각되던 때가 그리 오래전이 아닙니다. 그건 남성들도 마찬가지였습니다. 지금은 남성들도 결혼하지 않는 경우가 많고 회사에 취직하는 대신 자기가 원하는 일을 자유롭게 하는 사람들도 많지만, 과거에는 취직을 하면 바로 결혼해서 빨리 가장이 되어야 한다고 생각했습니다.

　일본에서는 여성을 '크리스마스 케이크'에 비유하던 때가 있었습니다. 크리스마스 케이크라는 건 이런 의미입니다. 24세까지는 젊음 하나만으로도 여기저기서 손길을 뻗어오지만, 25세가 넘으면 남성이 기준을 낮추지 않는 한 결혼하기가 힘들어진다는 겁니다. 지금이야 우스갯소리가 되었지만, 저를 포함한 당시의 여성들은 '이러다 결혼 못 하면 어쩌지?', '서른이 넘도록 결혼을 못 하고 회사만 다니면 주눅이 들겠지?'라고 생각하며 아주 진심으로 불안해했습니다.

　아주 오래된 이야기처럼 느껴지지만, 불과 20여 년 전의 이야기입니다. 주위에서 "이것이 평범한 삶이니까, 이렇게 살아야 해요. 그렇지 않으면 살아갈 수 없어요"라며 선택의 여지가 없는 압박을 가해옵니다. 그런 상황 속에서 이미 준비된 인생의 레일을 따라 걸어야만 했습니다. 하지만 시대가 바뀌었습니다. 이제 사회는 이렇게 말합니다. "어떤 삶의 방식도, 어떤 가치관도 좋습니다. 이제 마음껏 하고 싶은 대로 하고 살아주세요. 단, 스스로 책임을 지세요."

하지만 자유로워진 것과 원하는 삶을 살아가는 것은 좀 다른 문제입니다. 오히려 요즘 젊은이들은 더 살기 어려워졌다고 말합니다. 자유로워 보이긴 하지만, 길목마다 벽이 가로막고 있습니다. 어느 쪽으로도 가기 어렵습니다. 그래서 사람들은 결국 조금도 자유로워지지 못한 현실이라고 생각하게 됩니다.

게다가 아직까지 사회의 여러 제도나 체질이 근본적으로 변하지 않은 것들도 많습니다. 겉으로는 자유가 허락되었지만 실제로는 다양한 걸림돌이 발목을 잡습니다. "여자가 그래서야 쓰겠어?", "그런 식으로 살면 안 되지." 이렇게 말하는 세상과 회사, 그리고 가족이 주는 압박감에 숨통이 막힐 것 같지 않던가요? 다른 한편으로는 "지금 시대는 남자도 여자도 따로 없어", "누구나 자립적으로 살아야지"라는 흐름도 있습니다. 도대체 어떻게 살아야 할지 혼란스럽기만 합니다.

10년 후를 산다는 것은 무엇인가

저는 이렇게 생각합니다. 세상은 자유로워진 듯 보이지만 결국 여성의 의식이나 삶의 방식은 조금도 자유로워지지 않았습니다. 오히려 눈에 보이지 않는 것에 자유를 제한당하는 이 모순된 상황이 우리를 더욱 힘들게 합니다. 마치 쌓인 눈 때문에 발을 떼기도 어려운 상태에서 앞이 보이지 않는 눈보라 속을 그저 느낌만으로 앞으로 나가고 있다고 하면 너무 극단적인 표현일까요? 저는 이런 막막한 느낌이 들 때가 있었습니다.

하지만 분명한 사실이 있습니다. 외부에서 주어진 것이든 내가 선택한 것이든, 결국 내가 가는 길에는 나 말고는 아무도 없다는 사실입니다. 설령 누가 시키는 대로 살았다고 해도, 그에게 내 삶에 대한 책임을 물을 수는 없습니다. 그 사람이 부모라고 해도 말입니다.

그렇기 때문에 10년 후를 생각하는 사람들은 이런 모순된 상황을 탓하지 않습니다. 이왕 이렇게 된 거 인생을 즐겨보자는 생각을 하거나 인생을 도전해야겠다고 받아들입니다. 반면 사는 게 참 버거워졌다며 주춤거리거나, 왜 이런 상황이 되었는지 되짚어보기만 하거나, 선택이 너무 많아서 고민만 하는 사람도 있습니다. 이 두 사람은 10년 후 크게 차이가 날 것입니다.

어느 시대에나 변화는 있었습니다. 물론 현대의 변화는 과거보다 훨씬 더 급격하지요. 하지만 과거에는 이랬는데, 예전에는 어땠는데 하는 생각만 하고 있으면 안 됩니다. 이 시대를 살아가는 사람의 숙명이라 생각해야 합니다. 우선은 자신의 인생을 받아들일 각오를 해야 합니다. 그런 태도와 각오를 가지는 순간, 자신의 머리로 고민하고 스스로 결정할 수 있는 힘이 생기는 것을 느낄 수 있습니다. 그리고 누구의 탓도 해서는 안 됩니다. 그게 설령 과거의 자신이라고 해도 말입니다. ◇

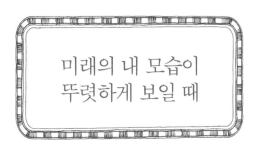

미래의 내 모습이
뚜렷하게 보일 때

누군가 "사람은 자신이 생각하는 대로 된다"라고 말했습니다.
만약 그 말이 사실이라면 우리 여성들도 그렇게 될 수 있습니다.
성공하고자 한다면 항상 성공에 대해 생각해야 합니다.

메리 케이 애시 기업인

같은 학교를 다닌 친구끼리는 졸업 후 각자 다른 분야에 취업한다
고 해도 몇 년간 연락을 하며 친하게 지냅니다. 하지만 시간이 지
날수록 점점 서로 사는 세계가 달라지고 있다고 느낀 적 없나요?
학력은 같아도 그 후에 어떤 선택을 했는지에 따라 생활 수준이나
가치관이 많이 바뀝니다. 예를 들어 전문직인가 일반직인가, 정규

10년 전을 사는 여자, 10년 후를 사는 여자

직인가 계약직인가, 대기업인가 중소기업인가, 부모님과 함께 사는가 독립해서 나왔는가 등과 같은 선택으로 삶의 방식이 많이 나뉩니다.

거기에 더해서 결혼과 출산의 여부, 그리고 육아 중에도 일을 계속하는가 아니면 퇴직하는가, 퇴직한 후에는 다시 복직하는가 등과 같은 선택도 중요한 역할을 합니다. 또한 결혼하여 어떤 배우자를 가지게 되었는가, 배우자의 가족이나 친구들은 어떤 사람들인가에 따라서도 차이가 많이 발생합니다.

한 친구가 재력이 있는 친구에게 이런 말을 들었다고 합니다.

"너도 결혼하려면 내 남편과 같은 수준의 경제력이 있는 사람을 만나. 그렇지 않으면 우리가 친구로서 만나기 어려워지지 않겠니?"

친구는 배우자의 경제적 수입 차이로 우정이 사라져야 하냐며 분개했지만, 사실 그렇게 되기 쉬운 것이 인간관계입니다. 여성들의 인간관계는 더욱 그러합니다. 독신인지 아니면 아이가 있는지에 따라서도 입장이 다르고, 아이를 키우는 방식에 따라서도 서로 다른 입장이 만들어집니다. 사는 곳, 다니는 식당, 휴일을 보내는 법, 사용하는 제품의 인지도와 같은 경제적인 면뿐만 아니라 누구를 만나고 어떤 대화를 나누는지 등으로 서로 다른 세계에서 살고 있다는 느끼는 사람이 많습니다.

10년 후를 산다는 것은 무엇인가

심지어 개인의 취향도 매우 다양합니다. 옷 입는 스타일, 좋아하는 음악, 자주 가는 공연 등 같은 나이라고 해도 라이프 스타일은 매우 다른 경우가 많습니다. 그러나 그렇게 다양화되고 있음에도 불구하고 1가지 분명한 것이 있습니다. 어떤 형태의 삶을 살든 '자기 책임'이라는 이름은 더 강조되고 있다는 점입니다.

예전에는 직장이 곧 한 사람의 미래를 결정했습니다. 그러나 같은 직장 안에서도 정규직과 비정규직 사이의 격차는 크고, 여성의 경우 예전에 비해서 사회적 차별이 많이 없어졌다고 하지만 여전히 장기적으로 근무하기가 쉽지 않은 상황입니다. 그런데 이보다 더 큰 변화가 있습니다. 그것은 한 기업 안에서 상층의 관리자 혹은 고도의 전문성을 가진 이들의 연봉과 일반 직원들의 연봉이 매우 큰 차이로 벌어졌다는 것입니다. 뉴스에서 많이 나오듯이 CEO들의 연봉은 과거에 비해 엄청난 수준으로 높아졌습니다.

물론 자신이 창업하여 한 기업의 CEO가 되는 인생을 살 수도 있습니다. 하지만 사실 보통 사람들에게 그런 길은 쉽지 않습니다. 제가 말하고 싶은 점은 이와 같은 사회에서는 능력이 뛰어나도 저임금으로 일하는 사람이 생겨난다는 것입니다. 이 상태로 가면 미국처럼 극소수의 부유층과 대다수의 저소득층이 출현하는 '양극화 사회'가 되어버립니다. 그 격차를 누군가는 개인의 '자기 책임'

이라고 말하지만, 실은 세계적인 경제 구조에 얽혀서 일어난 피할 수 없는 현상입니다.

이 이야기를 꺼낸 것은 그러한 사회적인 책임을 강조하기 위해서가 아닙니다. 물론 우리가 앞으로 더 공정하고 안전한 사회를 만들기 위해서 노력해야겠지요. 그러나 여기서 제가 말하고 싶은 부분은 미래의 위험에 대한 것입니다. 누구나 자기가 선택한 인생을 살면서, 그 결과로 빈곤에 빠질 가능성도 있다는 것입니다. 일류 기업에 들어갔다고, 경제적으로 여유 있는 배우자를 만나서 결혼했다고 안심할 수 있는 시대가 아닙니다. 한 치 앞도 내다볼 수 없는 현대사회에는 예상치 못한 일이 자주 일어납니다.

그 같은 빈곤에 빠질 수 있다는 위협을 하려는 것이 아닙니다. 경제적인 불안 혹은 경제적인 하락 국면을 겪을 가능성이 높은 사회가 된 만큼, 어떻게 대비할지 생각해야 한다는 것입니다. 그런데 이제까지 여성들은 이 문제를 남성들에 비해 상대적으로 크게 느끼지 않았습니다. 여성들은 남성들에 비해 사회적 성공에 대한 욕심이 적은 것에 대해서, 그만큼 자신이 소비를 덜하며 허황된 꿈을 꾸지 않는다는 것으로 설명하려 합니다.

하지만 그렇게 보수적인 태도로만 견디기에는 우리가 앞으로 살아야 하는 날들이 생각보다 매우 깁니다. 무엇보다도 본인은 안전

10년 후를 산다는 것은 무엇인가

하고 조심스럽게 살아간다고 해도 주위의 환경이 급작스럽게 변할 수 있습니다. 그렇기 때문에 자신이 끊임없이 변화해야 한다는 생각을 기본적으로 가지고 있어야 합니다. 특별히 도전적인 성향이거나 모험심이 많은 사람이 아니더라도 이제는 자신의 변화 가능성에 대해서 언제나 생각하고 있어야 합니다.

10년 앞을 내다본다는 것은 바로 자신이 끊임없이 변화할 것이라는 생각을 하고 있다는 말입니다. 사람들은 오늘이 불안한데 어떻게 미래를 내다보느냐고 합니다. 그러나 미래는 말 그대로 아직 오지 않는 것입니다. 아직 오지 않은 것들이기에 상상할 수 있습니다. 과거는 아무리 좋았던 것이라도 상상할 수 없습니다. 부모님과 선생님들에게 인정받던 학창 시절이었다고 해도, 그것은 과거일 뿐입니다. 많은 이들에게 사랑받고, 활기차고, 재능에 넘치던 시절이었다고 해도 그것은 10년 전의 일일 뿐입니다.

마찬가지로 부정적인 과거도 똑같습니다. 과거에 모자랐거나, 실수가 많았거나, 주목받지 못했다고 해서 앞으로의 나도 계속 그러리라는 법은 없습니다. 그러나 사람들은 자신의 지나간 과거를 타고난 소질, 타고난 성격으로 생각합니다. 그래서 미래도 그럴 거라고 생각합니다. 과연 그럴까요?

미국 퍼스트레이디 미셸 오바마는 자신의 저서 《비판에 담담하게 시선에서 자유롭게》에서 이렇게 말했습니다. "만약 지금까지 살아오면서 누군가 나를 잘못 묘사하거나 나쁘게 부를 때마다 약해졌다면, 나는 결코 프린스턴을 졸업할 수도, 하버드에 갈 수도, 지금 그의 옆자리에 앉아 있을 수도 없었을 거예요."

어떻게 그녀는 약해지려는 순간마다 견뎌낼 수 있었을까요? 그것은 변화할 나를 그려보는 능력을 가지고 있었기 때문입니다. 여러분도 '이매지네이션 imagination'을 할 수 있는 능력을 키우십시오. 공상이나 막연한 낙관, 성공한 최종 모습이 아니라 구체적으로 나 자신의 어떤 부분이 달라지고 있을 때의 모습, 자신이 변화하고 있는 과정을 상상하십시오. 이매지네이션에서 중요한 것은 '진행성'입니다.

'진행성'이라는 건 뭘까요? 예를 들면 이러합니다. 유능한 커리어우먼이 되고 싶다면, 높은 직위가 찍혀 있는 미래의 명함 같은 걸 생각하지 말고 그 자리에 있는 사람이라면 어떤 일과를 보내게 될지, 어떤 역할을 요구받을지 생각해보십시오. 팀원들이 나에게 어떤 역할을 바랄지, 협력 업체의 사람들과 만나서 어떤 이야기를 하고 있을지 생각해보는 것입니다. 그러면 오늘이 바뀝니다. 미래의 동력을 앞당겨서 오늘을 바꾸는 데 쓸 수 있는 힘이 생깁니다.

누구에게나 이러한 능력은 있습니다. 그러니 지금 주변 친구들에 비해서 자신이 초라하다고 속상해하지 말고, 주위 환경이 불안

하다고 움츠러들지 말고, 이렇게 자신의 미래를 구체적으로 그리
는 연습을 자꾸 해보십시오. ◇

10년 전을 사는 여자, 10년 후를 사는 여자

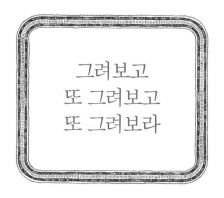

그려보고
또 그려보고
또 그려보라

자신을 신뢰하라. 당신의 인식은 종종 당신의 신념보다 훨씬 더 정확하다.

클라우디아 블랙 배우

경력을 착실히 쌓아온 사람들 대부분이 '운이 좋아서 여기까지 왔다'라는 말을 자주 합니다. 정말 운으로 그 자리까지 온 것만은 아니겠지요. 그러나 자세히 들어보면 사실 그들은 운이 좋았습니다. 도대체 그 운이라는 게 뭘까요? 저는 운이란 우연한 작은 계기를 놓치지 않는다는 것이라고 이해합니다. 우연히 좋은 직장에 들어

10년 후를 산다는 것은 무엇인가

갈 수도 있고, 잘 모르고 시작한 일인데 의외로 자신의 천직임을 깨닫게 될 때도 있습니다. 이런 행운을 만나 잘 풀리는 것은 아주 작은 계기에서 시작되곤 합니다.

제 경우에도 책을 쓰는 일이 처음부터 거창하게 시작되진 않았습니다. 우연히 책을 낼 수 있는 작은 기회가 왔습니다. 그 기회가 없었다면 몇 년 동안이나 가난한 자유 기고가라는 상태에서 빠져나오지 못했겠지요. 그러다가 '이 직업으로는 먹고 살기도 힘들겠어'라며 포기하고 다른 일을 했을지도 모릅니다. 어떤 상황이 되었더라도 조금도 이상할 것이 없습니다.

이런 말을 하는 이유는 사람마다 능력의 차이는 사실 그리 크지 않기 때문입니다. 세상의 많은 일들이 작은 우연으로부터 시작됩니다. 그에 비해 능력의 차이는 오히려 중요한 변수가 아닙니다. 비정규직과 정규직 사이의 능력 차이는 과연 얼마나 클까요? 결혼을 한 사람과 안 한 사람 사이의 차이가 절대로 넘을 수 없는 인성의 차이일까요? 그렇지 않습니다.

다만 저는 이매지네이션이 있느냐, 없느냐의 차이가 크다고 생각합니다. 앞에서 말했듯이 이매지네이션의 차이란, 자신의 미래를 어떤 식으로 상상할지에 대한 상상력의 차이를 말합니다. '나는 이 정도로 만족해'라고 생각하면 딱 그 정도의 현실이 만들어집니

34

다. '어쩌면 나도 할 수 있을지도 몰라'라고 생각하면 새로운 가능성이 열립니다. 작은 우연이 행운이 됩니다.

그러면 이 이매지네이션의 능력은 어떻게 커질 수 있을까요? 일단 인생에서 찾아오는 수많은 장애물에 대해 보다 여유로운 태도를 가져야 합니다. 할 수 없는 일은 포기하세요. 그리고 다음으로 건너뛰세요. 조금이라도 가능성이 있다면 어떻게 하면 잘할 수 있을지를 생각하세요. 할 수 있는 일부터 시작하면 됩니다. 미래를 그릴 줄 아는 힘은 '이게 아니면 다른 걸 할 수 있지 않을까?'와 같은 생각에서 출발합니다. 할 수 없는 일에 자기를 붙잡아두고 스스로를 괴롭히면 안 됩니다.

그렇게 스스로를 괴롭히는 방법 중 하나가 바로 타인과의 비교입니다. 여성들은 자신과 주위 사람들의 관계에 민감합니다. 많은 여성들이 주위와 비교하면서 자신의 위치를 확인합니다. 그런데 이런 식의 잣대는 불안을 부추깁니다. 자신에 대한 평가가 자기 안에 있지 않고 밖에 있다는 것 자체가 좋지 않은 일이지요. 아무리 좋은 평가를 받아도 불안한 마음은 가시질 않습니다.

또한 그렇게 비교하게 되면 일시적인 승패에 마음이 오락가락 흔들리게 됩니다. 내가 원래 가야 하는 길이 무엇인지 알고 있으면, 실패도 걸어가는 길에서 만나는 일회적인 사건에 불과합니다.

그런데 타인과 비교하면 하나의 실패가 나라는 사람 전체에 대한 실패로 인식됩니다. 여성들이야말로 이제 긴 안목으로 자신의 인생을 똑바로 응시해야 합니다. 여성이 일할 수 있는 기간은 생각보다 훨씬 깁니다. 걸음을 멈추지 않고 이매지네이션을 넓혀가기 바랍니다.

남성은 대부분 이직과 결혼 이외에 특별한 변화가 없습니다. 그에 반해 여성은 정해진 길을 가는 경우가 드물지요. 그것은 사회적인 불안정성이 여성들에게 더 크게 작용하기 때문입니다. 비정규직은 남성보다 여성이 훨씬 더 많습니다. 게다가 여성은 결혼은 물론이거니와 출산과 육아의 문제로 일을 그만둘 가능성도 높고, 재취업하면서 전혀 다른 종류의 일을 하게 될 가능성도 높습니다. 그런데 생각해보면 그만큼 유연하게 카멜레온처럼 변화할 기회가 있다는 뜻이기도 합니다. 한 직장에 들어가서 10여 년이 넘게 다니다가 그만두게 되면 얼마나 막막하겠습니까? 그때 주어진 변화의 폭은 엄청나게 클 것이고, 적응하는 데도 힘이 많이 들고, 부담해야 하는 리스크도 매우 클 수 있습니다.

그러나 인생의 주기에서 변화의 순간들이 많다는 것은 선택의 기회가 많이 주어진다는 뜻입니다. 또한 무엇보다 여러 세계를 즐길 수 있다는 뜻이기도 합니다. 자칫 경제적인 어려움에 빠질 수도 있지만, 서서히 경제력을 갖출 가능성도 아주 많지요. 중요한 점은 어떤 상황에서도 주체적으로 장래를 내다보며 목표를 정해야 한다는 것입니다. 끊임없이 변화할 각오를 해야 합니다.

수동적이고 뜨뜻미지근한 자세로는 이매지네이션도 빈약해집니다. 이렇게 살도록 요구받았으니 그 요구에 맞춘다는 자세보다는 이왕 할 거 적극적으로 잘해보겠다고 결심하면 이매지네이션은 확대됩니다.

세상은 '승리자'와 '패배자'라는 단어로 우리를 구분하지만 인생의 마지막 순간까지 승부는 알 수 없습니다. '패배자'라는 소리에 간단히 자신의 패배를 인정해서는 안 됩니다. 쉽사리 자신을 '피해자'로 만들고 누군가를 탓해서는 안 됩니다. '좋은 학교만 나왔다면', '여유로운 가정에서 태어났다면', '그때 부모님이 나에게 이런 것을 요구하지만 않았다면' 등과 같은 생각을 하는 사람은 실제로 그 환경에 놓여 있었다고 해도 만족하지 못했을 것입니다. '지금은 경제가 어렵지만 회복되면' 혹은 '이 회사의 사정이 좀 좋아지면'이라는 소리를 달고 다니는 사람은 만일 기대하는 환경이 되더라도 그 혜택을 누리지 못합니다.

인생에서 '승리'란 무엇일까요? 저는 인생의 마지막 순간에 신나게 뛰놀다 온 아이처럼 "아, 그런 일을 할 수 있어서 정말 즐거웠다!"라고 말하고 숨을 거둘 수 있는 삶이라고 생각합니다. 안정된 성공이라는 건 세상에 없습니다. 그리고 그 끝이 어디인지 알 수도 없습니다. 그리고 우리 인생의 끝과 성공의 끝이 꼭 일치하지도 않습니다. 그러니 우리는 자신이 꿈꾸고 원하는 것을 향해 나아가는 그 과정 자체를 즐겨야 합니다. 그것이 현명한 삶이라고 생각합니다.

그런 의미에서 저는 도전이라는 단어를 다시 생각해봐야 한다고 말하고 싶습니다. 우리는 도전이라고 하면 무언가 특별한 일을 해보는 것, 원래 원하지 않던 일인데 한번 시도해보는 것으로 여기는 경향이 있습니다. 그러나 인생을 산다는 것 자체가 도전이지요. 매일 아침에 눈을 뜬다는 것 자체가 도전입니다.

그러니 실패와 승리에 대한 기존의 관념은 버리십시오. 사실 우리는 하루에도 수없이 그 사이를 오가고 있습니다.

—나는 아무것도 할 수 없어.
—나는 무엇이든 할 수 있어.

제가 자유 기고가가 되려고 도쿄로 올라왔을 때 항상 이 2가지 마음이 교차했습니다. 자유 기고가로서의 일감이 없을 때는 돈이 되는 다른 일을 닥치는 대로 해야 했습니다. 아르바이트를 동시에 몇 가지씩 해야 하고 일도 제대로 풀리지 않을 때면 '나는 아무것도 못 하는 인간이구나'라는 생각이 들곤 했습니다. 반대로 일이 잘 풀릴 때는 '마음만 먹으면 뭐든지 할 수 있잖아'라는 생각이 들지요.

하지만 계속해서 그 길을 도전하다 보니 어느 순간 깨달음이 다가왔습니다. 자유 기고가의 일이 조금씩 늘어나면서, 할 수 있는 일도 있고 할 수 없는 일도 있다는 것을 차분하게 판단할 수 있었습니다. 또 하나 알게 된 점은 '할 수 있는 일'이 조금씩 많아진다는 것이었지요. 또한 그것이 '할 수 없었던 일'을 토대로 삼고 있다는 점을 깨달았습니다. 해보는 것 자체가 중요했습니다. 결과적으로 돌이켜 보면, 실패했거나 제대로 하지 못했던 일을 통해서도 많이 배웠습니다.

여러분도 돌이켜 보십시오. 이제껏 살면서 쌓아올린 작은 실패의 경험들을 현재의 내가 활용하고 있다는 것을 문득 깨달을 때가 있습니다. 어린 시절부터의 인간관계와 일상생활, 사고방식 등 축적한 경험은 어느 곳에서든 활용할 수 있습니다. 활용하겠다는 생각을 하기만 하면 말입니다.

이 세상에 필요하지 않은 일은 1가지도 없습니다. 새로운 것을 배우고 새로운 것을 경험하는 일은 언제나 중요합니다. 당장은 결

10년 후를 산다는 것은 무엇인가

과가 보이지 않더라도 10년 후, 20년 후를 위한 시간, 돈, 노력, 그리고 에너지를 '투자'하는 것이 중요합니다.

이런 작은 도전들이 쌓이면 경험이 됩니다. 그리고 쌓아놓은 경험은 새로운 이매지네이션을 만들고, 이매지네이션은 또 조금 더 커진 새로운 도전을 만듭니다. 이런 식으로 '도전→경험→이매지네이션→도전'이라는 상승을 반복하다 보면 자신에게 작은 신뢰가 자라는 것이 느껴집니다.

커다란 도전이 아니라도 좋습니다. 특별한 도전이 아니라도 괜찮습니다. '작은 도전이라도 나도 할 수 있구나!'라고 생각할 수 있는 것이라면 무엇이든 좋습니다.

학교든 회사든, 아주 별거 아닌 아르바이트든, 그 안에서 새로운 일에 도전해보세요. 해본 적이 없는 역할을 받아들여보세요. 흥미가 있는 일을 배우세요. 다른 사람의 이야기를 들으러 가세요. 가본 적이 없는 곳에 가보세요. 해본 적이 없는 일을 해보세요. 먹어본 적이 없는 음식을 먹어보세요. 나와 전혀 다른 부류의 사람과 사랑을 해보세요.

단순히 정보를 아는 것과 직접 경험해보는 것은 하늘과 땅만큼의 차이가 있습니다. 작은 도전을 한 사람과 안정을 지키기 위해 포기해버린 사람은 10년 후에 커다란 차이가 벌어집니다. 잘 안 풀릴 가능성에 대한 리스크를 생각하면 움츠러드는 때도 있습니다. 하지만 안이한 길을 가려고 하거나 같은 세계에 그대로 살려고 한다면 가능성은 닫힌 채로 열리지 않습니다. 그리고 무엇보다 그런 삶은 지루하지 않을까요?

성장할 수 있는 곳에는 적극적으로 뛰어드는 편이 좋습니다. 어떤 결과를 얻더라도 그것은 인생에서 살아남기 위한 무기가 될 것입니다. 새로운 영역에 발을 들여놓지 않으면 새로운 이매지네이션은 생기지 않습니다. 앞에서 말했지만 이매지네이션의 격차는 큰 영향을 줍니다. 이매지네이션 능력을 몸에 익힐 수 있으면 나이를 먹을수록 사람과 사물을 보는 눈이 생깁니다. 할 수 있는 일이 늘어나고 인생이 풍요로워집니다. 저는 10년 후의 제 자신이 과연 어떤 눈으로 세상을 보게 될지 매우 기대됩니다. ◇

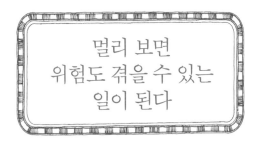

멀리 보면
위험도 겪을 수 있는
일이 된다

두려움을 효과적으로 이용하라.

칼리 피오리나 기업인

저의 20대와 30대는 하는 일마다 모두 실패만 하고 제대로 풀리지
않는 삶의 연속이었습니다. 벽에 부딪혀 '설마 이런 일이 생길 줄
이야'라고 충격을 받고, '아, 이런 일이었구나'라고 깨닫고, '그럼
이제부터 어쩌지?'라고 궤도를 수정하는 일의 반복이었습니다. 그
래도 그때는 젊었습니다. 그렇기 때문에 갈 길을 결정하면, 똑바로

뛰어들 수 있었습니다.

혹독한 경험을 하면서 많은 것들을 배웠고, 그 결과로 살아갈 힘도 지혜도 생겼다고 생각합니다. 돌이켜 볼 때, 지난 선택에 후회는 없지만 그런 삶의 방식은 별로 현명하지 못했습니다. 제가 걸어온 길을 다른 이들에게 권하지 못하겠습니다. 저도 지금 하라면 못 할 것 같습니다.

젊다는 것은 좋은 일입니다. 실패해도 다시 성공할 수 있는 기회와 시간이 상대적으로 많습니다. 하지만 저는 무조건 도전하라고 말하는 이들을 신뢰하지 않습니다. 왜냐하면 한번 헛다리를 짚어 구덩이에 빠져버리면 빠져나오는 데 상당한 에너지가 필요하기 때문입니다. 어쩌면 다시는 올라오지 못할 수 있다는 점도 충분히 염두에 두어야 합니다.

10년 후를 본다는 것은 무엇보다 리스크에 대해 정확하게 이해한다는 것입니다. 만일 지금 제가 과거의 자신을 만나러 갈 수 있다면, "이 멍청아! 그쪽으로 가면 뭐가 기다리고 있을지 잘 생각해 보면 알 수 있잖아" 하고 아주 크게 꾸짖고 싶습니다.

예상치 못한 인생의 리스크는 언제든 나를 찾아옵니다. 많은 이들이 앞길이 막막하다고 말합니다. 지금 다니는 회사에서 일을 계속하게 될까, 승진은 할 수 있을까, 이 일이 과연 나랑 맞을까, 결혼은 하게 될까, 아이는 낳게 될까, 아니면 줄곧 혼자서 살게 될까……. 우리 중 누구도 앞으로 어떻게 살게 될지 알지 못하고 세상이 어떻게 변할지 알지 못합니다. 그러나 앞으로 어떻게 될지 모르기 때문에 가만히 움츠린 채 움직이지 않는다면, 불안감은 더욱 커집니다. 불황은 만성적으로 계속되고, 무거운 세상 분위기에 휩쓸려 막연히 나쁜 상상을 하면서 밝은 미래를 그리지 못합니다.

막연한 '불안증'이 사회 전체를 휘덮고 있습니다. 그런데 많은 사람들이 그렇게 불안을 느끼면서도 실제로 그 불안의 실체가 무엇인지 명확하게 알려고도 하지 않습니다.

우리는 인생의 선택을 할 때 의외로 리스크에 대해 별로 생각하지 않는 편입니다. 이 선택이 좋을까, 나쁠까 하는 관점에서만 생각하지, 각각의 선택에 어떤 리스크가 딸려올지에 대해서는 별로 꼼꼼하게 따지지 않습니다. 왜 그럴까요? 그 이유는 단순히 싫은 것을 생각하고 싶지 않아서입니다. 생각하고 싶은 것만을 생각하고, 보고 싶은 것만을 보고, 듣고 싶은 것만을 들으려는 것이 인간입니다. 조금이라도 싫은 경험을 하게 되면 논리적으로 맞서기보다는 부정적인 부분에만 신경을 쓰게 되고, 그런 부분에는 뚜껑을 덮어두고 생각하지 않으려 합니다.

리스크란 '일어날 가능성이 있는 위험'입니다. 그러니까 일어날

10년 전을 사는 여자, 10년 후를 사는 여자

지 안 일어날지 알 수 없는 것을 미리 고민하지 말자고 생각해버립니다. 예를 들어 누구든 결혼을 준비하면서 이혼을 생각하고 싶지는 않을 것입니다. 하지만 안정된 상태를 유지하고 위험에 대비하려면 조금은 진지하게 생각해둘 필요가 있습니다.

'둘 중 하나가 병이 나면 어떻게 생활해야 할까?'

'만일 이혼을 하게 되면 나는 어떻게 살아가야 할까?'

이런 식으로 위험을 미리 생각해두면 실제로 상황이 벌어졌을 때의 대처뿐만 아니라 그렇게 되지 않기 위한 대책도 마련할 수 있습니다.

회사의 책임자인 CEO들 대부분은 회사의 장래를 아주 낙관적으로 그리지만, 한편으로 최악의 경우를 항상 생각해둔다고 합니다. 회사를 계속 운영하려면 생각하고 싶은 것만 생각해서는 안 되기 때문이지요. 다음은 일본항공 JAL을 회생시킨 이나모리 가즈오의 경영 철학이 담긴 구절입니다.

"낙관적으로 구상하고, 비관적으로 계획하며, 낙관적으로 실행하라."

우리도 자신의 인생을 책임지고 관리하려면 다가올 리스크에서 눈길을 돌려서는 안 됩니다. 이것은 미래를 비관하는 것도, 불안에 떠는 것도 아닙니다. 리스크의 가능성을 인정해야 원하는 것을 손에 넣고 소중한 것을 지킬 수 있습니다. 어떤 인생을 선택해도 리스크는 기다리고 있습니다. 중요한 것은 좋은 점과 나쁜 점, 앞면과 뒷면 모두 정확하게 이해해야 한다는 점이지요.

그다음으로 중요한 것은 리스크를 알면서도 행동하는 것입니다. 이는 생각보다 쉽지 않은 일입니다. 하지만 나이가 들어도 자신의 분야에서 꾸준히 두각을 나타내는 사람들은 이러한 연습이 몸에 배어 있음을 발견할 수 있습니다. "그런 리스크가 있는 줄 몰랐어요. 운이 좋아서 성공했지요"라고 말하는 이들은 사실 거의 없습니다. 그들은 이렇게 말합니다. "그런 리스크가 있는 줄 알았습니다. 하지만 저는 그 일이 하고 싶었지요. 그래서 더 열심히, 더 철저하게 준비했습니다." 장기적인 안목을 가지면 리스크에 대해서도 감당할 수 있는 자세가 생깁니다.

주변을 보면 일의 상황이나 관계를 잘 분석하는 사람들이 있습니다. 친구들과의 관계에 어떤 이면이 있는지, 회사는 어떤 방향으로 운영해야 할지 다른 사람들보다 훨씬 더 잘 들여다보는 사람이 있습니다. 그들의 이야기를 들어보면 놀랍습니다. 그 일을 선택하면 이런 문제가 있고, 저 일을 선택하면 저런 문제가 있다는 식의 분석을 잘합니다. 그 안목이 참 부럽지요.

그런데 간혹 그렇게 다른 사람의 일은 잘 보는 사람들이 실제 자신의 일에서는 두각을 나타내지 못하거나 사회적으로 인정받지 못하는 경우를 종종 봅니다. 그런데 이 특징은 여성들에게서 더 두드러집니다. 여성들은 기본적으로 안전 지향적이기 때문에 어떤 일에 대해서 무턱대고 낙관적이기보다는 어떤 어려움이 있을지 미리 생각하는 훈련이 되어 있습니다.

그런데 문제는 그러한 성향이 정작 행동해야 할 때 행동하지 못하게 하거나, 상황을 바꾸어야 할 때 바꿀 힘을 발휘하지 못하게 한다는 것입니다. 나쁘지는 않은데 언제나 90점짜리 답안지만 가져오는 사람 같다고 할까요?

리스크를 생각하는 것은 대부분 과거 경험에서 기인하는 경우가 많습니다. "내가 몇 년 전에 해봤는데, 그게 쉽지 않았어", "내가 나이가 어린 것도 아니고 이제 어느 정도 경력도 쌓였는데, 그런 리스크를 굳이 감수해야 할까?"

우리에게는 앞으로의 인생이 더 많이 남아 있습니다. 그러니 기본적으로 발을 내딛는 것 자체를 두려워해서는 안 됩니다. '맞아, 지난번에 저런 함정이 있었지. 내가 잘못한 게 아니라 그 함정을 몰랐기 때문이야. 그러니 이번에는 어떻게 하면 그 함정을 피할지 고민해보자'와 같은 태도로 리스크를 바라봐야 합니다.

그리고 '그래, 그런 리스크가 있지. 하지만 그래도 나는 할 거야'

하고 자신의 길을 걸어가길 바랍니다. 그처럼 앞에 놓일 리스크를
감당할 각오가 있다면 그 선택은 항상 바른 것입니다. ◇

2장
멀리 보는 사람들이 하지 않는 것

나의 오늘 하루가 확실한지 아닌지 확인할 수 있는 방법은 없습니다.
그래서 먼 목표가 필요합니다.
바닥만 보고 걸으면 아무리 똑바로 걷는다 해도 길을 잃지만,
저 멀리 보이는 것을 향해 걸으면,
큰 방향은 틀리지 않습니다.
설령 그 길이 힘들고 한참 남았다고 해도,
계속 다가가고 있다는 느낌이 들어 덜 불안하지요.

자신에 대해 알지 못하면서 노력만 하지 마라

내가 나 자신을 바보로 만들든 말든 남들이 무슨 상관인가?
그들이 나에 대해 어떤 생각을 갖든 두렵지 않다.

안젤리나 졸리 배우

자유 기고가가 되기 위해 도쿄에 가기로 결정했을 때 제 나이는 37
세였습니다. 깜짝 놀랄 분들도 많으실 겁니다. 37세라고 하면, 특
히 여성들은 그 나이를 매우 많다고 여기거든요. 철없이 불확실한
일에 자신을 던진 게 아니냐는 생각이 들겠지요. 맞습니다. 돌이켜
보았을 때 지난 내 인생이 뭔가를 이뤄냈다고 느껴지기 때문에 그

51

도전이 값있어 보일 뿐이지, 현재의 내 삶에 만족하지 못하고 있다면 그 도전은 참으로 무모한 일로 기억되겠지요.

게다가 제가 처음 직장을 그만두고 한 일은 전 재산을 투자해 약 2년 동안 전 세계를 돌아다닌 일이었습니다. 세계 여행을 결정한 데는 이유가 있었습니다. '이제까지 누리지 못했던 행복을 누려보자. 나만을 위한 시간을 가지자'와 같은 의미가 아니었습니다. 제가 세계 여행을 한 이유는, 제 나름의 시각을 가지기 위해서였습니다.

당시 저는 이미 30대 중반을 넘긴 나이였습니다. 실력과 지식, 열정만으로 남들과 경쟁하는 것은 쉽지 않습니다. 특히 언제나 젊은 사람들에게 더 많은 기회가 주어지게 마련입니다. 그렇다면 어떻게 해야 할까요? 지금 갖고 있는 요만큼의 내 몫을 빼앗기지 않으려고 젊은 친구들과 경쟁을 해서는 이길 자신이 없었습니다. 그 대신 남들과 다른 내 나름의 시각을 갖추어야겠다고 생각했습니다. 특히 제가 하고자 하는 일이 글을 쓰는 일이었기 때문에 더욱 그러한 능력이 중요하다고 생각했습니다. 발로 뛰는 취재력, 다양한 정보 수집력만으로 나를 특화시키는 데는 한계가 있으니까요. 저는 나만의 무언가가 생기면 일은 알아서 따라온다는 확신이 있었습니다. 그리고 그 판단은 틀리지 않았습니다.

여행을 다녀온 다음에도 일이 쉽게 풀린 건 아니었습니다. 자유

기고가 일이 궤도에 오르기까지 2년 동안 계약직 일을 많이 했습니다. 자유 기고가를 꿈꿨지만 정작 글을 쓰는 것과 상관없는 일이 더 많았습니다. 물류 회사, 레스토랑, 온라인 쇼핑몰 등에서 일하며 때로는 혼이 나고 싫은 소리도 들어야 했습니다. 그 와중에 나를 지탱해준 것은 언젠가는 하고 싶은 일만 해도 되는 날이 오리라는 막연한 희망과 '나는 나만의 삶의 방식이 있어'라는 작은 자부심뿐이었습니다.

그러던 어느 날 문득 '나만큼 여러 직장을 경험한 사람도 없을 거야. 그렇다면 어떤 직장에서도 통용될 만한, 일하는 여성의 규칙에 대해 쓸 수 있지 않을까?'라는 생각이 들어서 책을 쓰게 됐습니다. 그것은 가라앉지 않으려고 허우적거리는 동안 겨우 수영하는 요령을 파악하게 된 것과 같은 감각이었습니다. 저로서는 콤플렉스였던 수많은 이직 경험이 다른 사람에게 도움이 될지도 모른다고 생각한 순간, 모든 것을 보상받은 느낌이 들었습니다.

그렇게 프리랜서로 시작해서 책을 쓰게 되고, 그 후로 '일하는 여성에 대해 좀 더 공부하고 싶다'는 생각에 유학을 가서 대학원 공부를 하고, 지금은 대학에서 학생을 가르치면서 여러 단체에 강연을 다니고 있습니다. 여기까지 약 10년이 걸렸습니다.

이렇게 돌아보면 '10년'이라는 기간은 짧은 듯하지만 매우 긴 시

멀리 보는 사람들이 하지 않는 것

간입니다. 상당히 많은 일을 할 수 있고 가능성을 넓힐 수 있는 시간이라는 걸 실감합니다. 이건 비단 저의 경험만이 아닐 겁니다. 인생을 촘촘하게 살아온 사람이라면 누구나 느낄 수 있는 사실입니다.

돌이켜 보면 우리의 10대 시절도 그랬습니다. 10살에서 20살이 되는 시기를 돌이켜 보십시오. 엄청난 변화가 있었습니다. 어떨 때는 같은 사람이었나 싶을 정도로 변한 이들도 많습니다. 물론 어린 시절에는 급격한 성장을 겪기 때문에 그 변화의 폭이 클 수밖에 없습니다. 그러나 어른의 시간이 특별히 다른 건 아닙니다. 오히려 우리는 '이제 나는 어른이니까', '이제 나는 이렇게 살아야 하는 거니까'와 같은 사고방식에 갇혀, 자신에게 주어진 시간이 얼마나 역동적일 수 있는지 간과합니다. 나이가 든다는 것은 다른 게 아닙니다. 바로 삶에 대한 자세가 굳어간다는 것입니다.

"당신의 지난 시절을 이야기해주세요"라고 누군가 묻는다면, 의외로 이야기할 게 많이 없다는 사실을 깨닫게 되지 않나요? 그래도 괜찮습니다. 과거에 무난하게 살았다고 해서 앞으로도 그렇게 살게 되지는 않습니다. 중요한 것은 크든 작든 자신이 변화해왔다는 사실을 스스로 발견할 줄 알아야 한다는 점입니다. 당신의 긍정적인 변화를 알아줄 사람은 바로 당신 자신밖에 없습니다.

그런데 이렇게 말하는 이들도 있습니다. "저는 그동안 정말 열심히 살아왔어요. 미치도록 노력했어요. 그런데 왜 달라지는 게 없을까요?"

맞습니다. 아무리 애를 써도 좀처럼 결실을 보지 못하는 사람도 있습니다. 요즘 젊은 세대들은 영어 회화, 자격증 취득 등 자기 계발을 위해 정말 열심히 노력합니다. 퇴근을 한 후에도 좋은 강연을 들으러 다니고, 서점에 가서 책을 사서 읽는 등의 노력을 합니다. 그런데 이런 노력으로도 자신의 목적을 이루지 못하는 경우도 있습니다. 현대사회에서 꿋꿋이 버티고 살아가기 위해서는 그러한 노력보다 더 중요한 것이 있기 때문입니다.

첫째, 자신을 알아야 합니다. 자신을 잘 안다는 것은 무엇일까요? 내 성격? 내 적성? 내 소질? 이런 걸 아는 게 나를 아는 게 아닙니다. 내가 할 수 있는 일과 내가 해야 할 일을 일치시키는 것이 나를 아는 것입니다. 많은 자기 계발서들이 똑같이 하는 말이 있습니다. "자신이 하고 싶은 일을 하라." 혹은 이렇게도 말합니다. "자신이 잘할 수 있는 일을 하라." 그런데 모두가 그렇게 살 수 있지도 않고 꼭 그렇게 살아야 하는 것도 아닙니다.

사람들이 가진 에너지를 강력하게 발생시킬 수 있는 힘으로는 여러 가지가 있습니다. 현대 심리학의 많은 연구들이 밝히고 있듯이,

멀리 보는 사람들이 하지 않는 것

모든 사람들이 '원하는 열정'만으로 움직이지는 않습니다. 오히려 하지 말아야 할 것을 아는 사람, 내가 원하지 않아도 해야 할 일에 더 책임감이 느끼는 사람이 더욱 열정적인 경우가 많습니다. 한편으로 보면 매우 보수적이고 겁이 많아 보이는 사람들 같지만, 자기 분야에서 존경받는 이들 중에는 이런 성향을 가진 사람들이 꽤 많습니다.

내가 해야 할 일을 먼저 생각하는 것이 중요합니다. 그것을 잘 해내려고 노력하다 보면, 갑자기 인생의 톱니바퀴가 맞물려 돌아가는 것이 느껴질 때가 있습니다.

그 순간 지금까지는 노력에 비해 보상받지 못했거나 왕성한 의욕이 제자리를 찾지 못해 헛돌기만 했던 사람이 달라지기 시작합니다. 나를 잘 알게 된 것입니다. 자신이 '할 수 있는 일'과 '해야 할 일'이 일치했을 때 이러한 현상이 일어납니다.

둘째, 세상이 돌아가는 구조를 알아야 합니다. 세상이 필요로 하는 것이 무엇인지를 알아야 자기 나름의 공략법을 찾을 수 있습니다. 자신에게 주어진 일을 막연하게 열심히 하기보다는 '이 사람은 왜 나에게 이 일을 시켰을까?', '이 회사가 이 일을 벌이는 이유는 무엇일까?' 등을 보고 간파할 줄 알아야 합니다.

사람을 만날 때도 마찬가지입니다. 왜 우리가 이 자리에 있는지

10년 전을 사는 여자, 10년 후를 사는 여자

한 번이라도 생각하는 사람과 그렇지 않은 사람은 다릅니다. 너무 계산적이지 않냐고요? 계산적이어야 한다는 말이 아니라, 자기 에너지를 어디에 집중해야 할지 알아야 한다는 말입니다.

이 세상을 혼자 살아갈 수 있는 사람은 아무도 없습니다. 아무리 개성적이고 자기 주관이 뚜렷한 사람이라고 해도, 자신의 행동과 말이 이 세상 안에서 의미 있기를 바랍니다. 그러기 위해서는 세상이, 사회가, 조직이, 상대가 어떻게 움직이고 있는지 이해하고 있어야 합니다. 설령 서로 정반대의 방향으로 움직인다고 해도 알고 움직이는 것과 모르고 움직이는 것 사이에는 큰 차이가 있습니다.

그러므로 내가 하고 싶은 일이 무엇인가를 고민하기 전에, 그 일이 이 세상에서 어떤 의미를 가지고 있는지 먼저 알아야 합니다. 아무리 자신에게 의욕과 능력이 있더라도 현대사회의 구조나 규칙을 모르면 능력을 제대로 발휘할 수 없습니다.

노력하는데도 인정받지 못하는 사람은, 바로 이 2가지를 모르기 때문에 힘을 어디에 어떻게 쏟아야 할지 모르고 있는 것입니다.

노력이라는 단어를 좀 더 엄밀하게 써야 합니다. 자신을 잘 모르는 사람은 '일단 다른 사람이 하는 것을 하자'라고 안심할 수 있는 상황을 찾습니다. 많은 사람이 하는 선택을 좇아 같은 방향으로 흘러가거나 어학원, 자기 계발 세미나 등을 전전하고 다닙니다. 그것

멀리 보는 사람들이 하지 않는 것

은 노력이 아닙니다. 아프게 들릴 수 있겠지만 사실입니다. 그것은 노력이 아니라 자기 알리바이일 수 있습니다.

자신을 알기 위한 열쇠는 바로 코앞에 있습니다. 지금 있는 자리에서 잘할 수 있는 일, 모두가 기뻐해줄 일을 찾으면 됩니다. 그리고 부여받은 일에 최선을 다해 몰두해야 합니다. 작은 일이라도 상관없습니다. 보고서 작성 시에 데이터 분석을 첨부하거나, 기획서를 좀 더 전달하기 쉽게 설명하는 법을 연구하는 것부터가 시작입니다. 시킨 대로 잘했는데 왜 평가는 낮을까요? 시킨 대로만 하기 때문입니다. 당신만의 장기가 그 안에서 보여야 합니다.

비단 직장인에게만 해당되는 일이 아닙니다. 카페를 운영하는 사람이라고 생각해봅시다. 티스푼을 어디에 놓느냐, 어떤 커피잔을 쓰느냐에 있어서도 사람마다 차이가 납니다. 누구나 예뻐하는 요즘 유행하는 물건들로만 사두었는데 정작 그 카페에 어울리지 않는다면, 손님들은 외면할 것입니다. 그런 사람을 두고 우리는 '자기만의 시각이 없다', '장기적인 안목이 없다'라고 말합니다.

그러면 이러한 능력을 키우기 위해서는 어떻게 해야 할까요? 우선 자기 안에서 최고의 것을 만들기 위한 다양한 시도를 해보는 게 좋습니다. 그러면 어느 순간 작은 실마리가 잡힐 것입니다. 갑자기 주위의 평가가 좋아지고 더 중요한 일을 맡게 되는 등 기회가 모여

듭니다. 자신이 어떤 사람이며 어떤 능력을 갖추고 있는지, 아니면 어떤 능력을 키우면 좋을지 주위의 평가로 알게 되기도 합니다.

그럴 때 10년을 내다볼 수 있는 힘이 더 생깁니다. ◇

멀리 보는 사람들이 하지 않는 것

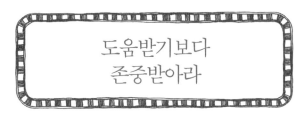

도움받기보다
존중받아라

최고의 행복은 감정을 행동으로 옮기는 데서 얻을 수 있다.

마담 드 스탈 작가

"사는 게 참 힘들어."

취직도 어렵고, 일하기도 버겁고, 결혼도 힘듭니다. 요즘은 육아도 효도도 노후도 다 감당하기 힘든, '살기 어려운 시대'라고 느끼는 사람이 많은 것 같습니다. 여성들이 선택의 자유를 손에 넣어 다양한 삶의 방식이 인정받게 된 것은 기쁜 일입니다. 하지만 그것은 동시에 개인이 자신의 인생을 책임져야 한다는 뜻이기도 합니다.

삶이 힘들어진 원인 중 하나는 주위로부터 인생에 대한 도움을 받기 힘들어졌다는 점입니다. 지금까지 귀찮을 정도로 잔소리하면서 도움을 주던 가족과 학교, 회사, 지역사회는 구조가 변했습니다. 개인을 존중하고 거리를 두게 되었지요.

'존중'이라는 말은 듣기에는 좋은 단어입니다. 하지만 '당신을 존중하겠다'라는 말은 '당신에 대해 더는 책임지지 않겠다'라는 의미도 큽니다. 예를 들어 예전에는 공원에서 노는 아이들을 때로는 혼내기도 하면서 보호해주던 이웃이 있었다면, 요즘 사람들은 '무슨 일이라도 생기면 책임져야 하니까'라는 이유로 남의 아이에게 관심을 두지 않습니다. 신입사원에게 회사원으로서의 상식을 자세히 가르쳐주던 회사가 이제는 더 이상 신입사원을 채용하지 않고 일시적으로만 도움이 되는 계약 사원으로 보충하게 된 경우도 마찬가지입니다.

여러 가지로 밀접하게 연결된 집단 속에서 서로를 지켜주던 안전망이 해체되었습니다. 개인은 이제 리스크에 무방비 상태로 드러나게 되었습니다. 우리는 리스크에 대비하는 것도, 리스크로 문제가 발생했을 때 처리하는 일도 '개인'이 알아서 대처하도록 요구받고 있습니다. 어떤 교육을 받고 어떤 일을 하면서 얼마나 벌며

멀리 보는 사람들이 하지 않는 것

어떤 사람과 결혼해서 어떤 삶을 살 것인가에 대한 선택도, 그 결과도 기본적으로 '자기 책임'이며 이를 전제로 한 가치관이 정착해가고 있습니다. 이렇게 불안한 상황 속에서 많은 사람이 원하는 것은 '안심'하고 '신뢰'할 수 있는 대상이며 '장래를 보장하는 약속'입니다.

그래서 될 수 있으면 탄탄한 직장과 결혼 상대를 찾아 안정을 찾으려고 합니다. 어떻게 살아야 할지 모르기 때문에 다른 사람과 똑같이 살려고 합니다. 누구든 자유롭게 선택할 수 있는 시대이지만, 리스크를 피해가기 위해 안정을 선택하고 오히려 기를 펴지 못하는 현상이 일어났습니다. 불안정한 마음에 뭔가 안심할 수 있는 것을 더욱 붙잡으려고 합니다. 하지만 안타깝게도 '안심할 수 있는 것'과 '믿을 수 있는 것'을 계속 좇아다니는 삶은 졸업해야 합니다. 우리가 이전에 알던 '안심'과 '신뢰'는 이제 없기 때문입니다.

시대는 빠르게 변화하고 세상은 불안정해졌으며, 세계화의 영향으로 다양한 가치관이 새로 들어오고 있습니다. 이런 세상 속에서 다양해진 개인의 성향에 걸맞은 지속적인 안정이나 보장은 그리 간단하게 찾을 수 있는 것이 아닙니다.

하지만 각자가 자신과 주위 사람의 사이에 '신뢰'를 구축해가는 것은 가능합니다. 신뢰를 쌓으려면 수동적인 자세를 버리고 적극적으로 나서 자신의 역할을 책임지는 것이 중요합니다. 서로 주고 받으면서 '신뢰'를 쌓아가야 합니다. 일도, 결혼도, 인간관계도 어느 한쪽이 일방적으로 의지하지 말고 서로에게 은혜를 베풀어야 균형이 유지되며 결속이 강해집니다. 도움을 받으려고만 생각하지 말고, 신뢰받는 삶을 살아야 합니다. 그것이 진정으로 존중받는다는 의미입니다.

비단 돈이나 일과 같은 이해관계에서만이 아니라 애정이나 평온, 기쁨, 만족감이라는 심리적인 면에서의 결속도 있습니다. 심리적인 측면에서 신뢰는 어떻게 만들어갈 수 있을까요? 무엇보다도 자신의 감정을 긍정하고, 그 감정에 따라 행동해야 합니다. 10년 후에 확 달라진 사람들을 보면 자신의 감정에 솔직하다는 것을 알 수 있습니다. 자신이 느끼는 수치심, 어려움, 당혹감 등의 부정적인 감정도 솔직하게 인정하고, 그것을 해결하기 위해서 어떤 행동을 하면 좋을지 생각합니다. 자신이 생각해내지 못한다면 타인에게 물어봅니다. 좋은 CEO들은 그러한 자질을 가진 사람이라고 하지요? 완벽한 사람이 아니라, 자신의 부족한 부분을 당당히 밝히고 어떻게 하면 좋을지 부하들에게 물어볼 수 있는 사람이라고요.

10년 후를 생각하는 연습을 하다 보면, 무엇보다도 당당해집니다. 먼 미래를 준비하는 사람이 오늘 당장 남에게 받는 도움 하나

멀리 보는 사람들이 하지 않는 것

에 목을 매지 않겠지요. 반대로 남에게 도움을 요청하는 것도 머뭇거리지 않게 됩니다. 자신의 미래를 위해 진정 필요한 일이라고 생각하면, 솔직하고 당당하게 주변에 도움을 요청할 수 있게 됩니다. 이렇게 하면 서로 지켜주고 도우면서 안심할 수 있는 장을 만들어가는 게 가능해집니다. 사회로부터 주어진 안전망 대신, 내가 만든 안전망이 생기게 됩니다. 그렇게 만든 안전망은 쉽게 사라지지 않습니다. 오랫동안 나를 감싸고 지켜줍니다. 이렇듯 자신이 안심할 수 있는 장소는 스스로 만들어가야 합니다.

자유의 확대란 '구속'으로부터 해방되는 것이지만, 구속과 한 세트였던 안전망도 함께 사라진다는 의미입니다. 안전망도 자신이 다시 만드는 수밖에 없습니다.

선택의 자유를 얻는다는 것은 '자립'을 뜻합니다. '아, 귀찮은 시대가 되어버렸어. 옛날이 더 좋았는데'라며 옛날을 그리워하는 사람도 있을지 모릅니다. 하지만 옛 시절에도 좋은 점이 있었던 만큼 당연히 나쁜 점도 있었습니다.

저는 아무리 호된 경험을 하더라도 '이것이 나의 길이며 삶'이라고 주장할 수 있는 지금의 시대를 환영합니다. '여자는 크리스마스

케이크'라는 소리를 들어가며 눈치를 보는 시대로 돌아가고 싶은 생각은 전혀 없습니다. 지금은 자신이 원하고 구하면 사람과 정보를 얻을 수 있습니다. 분명히 요즘처럼 기회가 넘치는 시대는 없었습니다.

얼마 전에는 세계 곳곳을 돌며 연구하는 문화 인류학자를 만났습니다. 그는 여행에 대해 이렇게 이야기했습니다. "여행을 하는 방식 중에서도 '패키지여행'은 처음부터 끝까지 기본적인 안전이 보장되어 있습니다. 안전하게 다른 사람이 준비해둔 감동을 맛보는 여행이지요. 진정한 '여행'은 그 자체가 목적입니다. 인생은 여행이라고 합니다. 하지만 최근에는 인생도 패키지여행처럼 되길 원하는 것 같습니다."

며칠만 다녀오는 여행이라면 패키지여행도 생각해볼 만할지도 모릅니다. 그러나 안전이 보장된다는 이유로 단 한 번뿐인 인생을 정해진 틀 안에 넣어버린다는 건 생각하고 싶지도 않습니다. 약간의 리스크가 있더라도 자신이 가고 싶은 곳에 가고 먹고 싶은 것을 먹을 수 있는 여정이 훨씬 더 즐겁다고 생각합니다.

자신이 무엇을 원하는지, 무엇을 할 수 있는지 찾아가는 과정이 더욱 즐겁지 않을까요? ◇

멀리 보는 사람들이 하지 않는 것

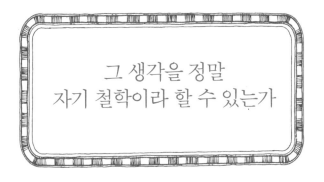

그 생각을 정말
자기 철학이라 할 수 있는가

저는 제 딸 말리아와 샤샤가 뛰어난 여성으로 성장하리라 확신합니다.
아이들의 어머니와 할머니, 즉 미셸과 마리아 로빈슨이 훌륭한 여성이기 때문이지요.
당신의 힘을 믿으세요. 그리고 그것을 현명하게 사용하세요.

버락 오바마 미국 대통령

'나는 앞으로 어떤 인생을 살게 될까?'

많이들 떠올리는 질문이지요. 그런데 의외로 이 질문에 대한 사람들의 답이 대체로 비슷하다는 걸 알고 놀랐습니다. 각자의 인생은 정말 다름에도 불구하고 많은 사람들이 시대적인 분위기나 세대적인 특징에 따라서 비슷한 답을 좇아가는 모습을 자주 보게 됩니다.

10년 전을 사는 여자, 10년 후를 사는 여자

앞에서도 말했지만 우리는 인생길을 걸어 나가면서 수많은 우연들을 만나게 될 것입니다. 그 우연한 계기가 사람에 따라서는 완전히 다른 결과를 만들어내기도 합니다. 그런데 '뭐 다들 비슷하잖아. 누구나 이런 일을 겪으면 이렇게 처신할 거야'라고 생각한다면 그 다른 결과가 만들어지지 않습니다. 나에게 오면 완전히 다를 수 있다는 생각을 하는 게 중요합니다. 그것이 미래를 준비하는 자의 태도입니다.

나에게 오면 달라질 수 있다는 건 무슨 뜻일까요? 그것은 '자기만의 기준'이 있다는 뜻입니다. 자기 안에 중심이 되는 가치관이 있다는 뜻입니다. 우리는 이를 '자기 철학'이라고 말합니다.

이건 비단 개인에게만 해당되는 일이 아닙니다. 하나의 기업, 단체, 공동체 등에서도 그 집단만의 이념과 철학이 매우 중요합니다. 성과를 내는 조직은 유능한 인재들이 많이 모여 있는 조직이 아니라, 그 조직의 가치와 철학을 구성원들이 모두 진심으로 공유하는 조직입니다.

아무리 능력이 뛰어나고 열의가 넘치는 인재라도 중심이 되는 지침을 갖지 못하면 재능을 발휘하지 못합니다. 아무리 그 분야의 프로페셔널한 전문가들이 잔뜩 모여 있다고 해도, 같은 지침을 갖지 못하면 하나로 뭉칠 수 없습니다. 한 명 한 명의 마음에 흔들리

67

지 않는 중심축이 있어야만 힘을 발휘할 수 있습니다.

학교에서 교훈을 외우고 종교 단체에서 경전을 암송하는 것도 바로 이와 같은 이유 때문입니다. 구성원들이 공통의 가치관을 나누기 위해서지요.

물론 개인에게는 그런 게 없습니다. 어릴 때 학교와 가정에서 배우는 기본 규칙은 있지만 성장하는 과정에서는 개인의 자유로운 사고가 더 중요시됩니다. 무엇보다 교사와 부모의 가르침이라 해도 나에게 꼭 필요하지 않은 것일 수도 있고 그것이 정말 바른 가치관이 아닐 수도 있습니다.

분명 개인의 가치관은 성장하는 과정에서 만들고 찾아나가야 합니다. 그런데 오늘날 사회는 그러한 가치관들이 다양하게 공존하기보다는, 전체적인 '분위기'로 자신의 갈 길을 판단하는 경향이 있습니다. 그리고 개인도 사회 전체가 어떤 분위기를 따라가느냐에 따라 자기 삶의 방향을 바꿉니다. 그것을 '자기 계발'이라고 착각하는 경우도 많습니다.

이러한 경향은 그 사회에서 유행하고 있는 단어들을 통해서도 잘 드러납니다. 로하스 족, 몸짱 열풍과 같은 라이프 스타일의 유행이 가장 쉬운 예이지요. 그 외에 정치적 성향, 경제적 지향, 패션 스타일 등이 있습니다. 정치에 대해 냉소적인 태도를 취하는 게 그럴듯해 보이면 그쪽으로 확 몰려갑니다. 카페 창업이 붐을 이루면 너도나도 바리스타 자격증을 따겠다는 꿈을 품습니다. 이런 것만 이 아닙니다. 매스컴이나 인터넷에서 누군가를 칭찬하는 분위기, 혹은 공격하는 분위기가 형성되면 갑자기 기세가 대단해지고 아무도 반대 의견을 내놓지 못합니다. 그런데 그 안에서 우리는 무엇을 얻었을까요? 지난 웰빙과 힐링 열풍 속에서 정작 내가 얻은 게 무엇일까 생각해보면 아무것도 없는 경우가 많습니다.

어떤 철학이 더 좋은 철학인가, 어떤 가치관이 더 나은 가치관인가? 그건 중요하지 않습니다. 내 철학을 가지고, 그 철학을 내 행동의 기준으로 삼는 것이 중요합니다.

물론 세상의 흐름에 관심을 가지는 것은 좋은 일입니다. 그리고 꾸준히 공부하는 것도 꼭 필요합니다. 인문학, 심리학, 철학 등에 대해 꾸준히 관심을 가지고 강연 등을 듣는 것도 기본적으로는 좋은 일이라고 생각합니다. 그런데 문제는 강연을 듣고 난 다음에 그것으로 끝인 경우가 많다는 겁니다.

자기만의 철학을 가진다는 것은 자신의 행동에 기준이 있다는 뜻입니다. 그런 사람만이 답답한 현실을 바꾸고 미래를 꿈꿀 수 있습니다. 그리 거창한 일이 아닙니다. 예를 들면 이렇습니다. 보통 많은 기업에서 영업직은 밤늦게까지 일하는 것이 당연하다는 분위

멀리 보는 사람들이 하지 않는 것

기가 있습니다. 그런데 왜 그래야 할까요? 사실은 모두가 '그건 시대에 뒤떨어진 생각이야, 빨리 집에 가고 싶어'라고 생각하지만 아무도 말하지 못합니다.

남들과 다른 생각과 행동을 하면 공격받을까 봐 두렵다는 이유도 있겠지만, 실은 '주관主觀'이 없기 때문에 흐름을 따라가는 것입니다. 다른 사람과 똑같이 하면 안심할 수 있지요. 그러나 분위기에 따라 눈치만 보고 지내다 보면 사고가 정지되고 결국 이 같은 분위기가 바르다고 생각하게 됩니다.

그렇다고 이기적으로 행동하라는 말이 아닙니다. 정말 효율적이지 못한 상황인데도 불구하고 단지 관행에 반기를 들면 비난받을까 두려워 할 일 없이 책상만 지키고 있다면, 개인은 물론 그 조직 전체에도 좋은 일이 아니라는 겁니다.

나는 지금 내 일에 최선을 다하고 있으며 지금 이 관행은 내 기준으로 볼 때 불합리한 일이라고 여겨진다면, 너무나도 자연스럽게 '굳이 이럴 필요는 없잖아', '이야기를 하면 사람들이 이해해줄 거야'라는 마음이 들게 마련입니다. 즉, 자기 철학을 가지고 있는 이들은 당당하게 행동합니다. 무엇이 바르고 무엇이 틀린지, 자신은 어떻게 해야 하는지를 알고 있기 때문입니다.

이미 오늘날의 사회는 취미도 생각도 사는 법도 다양해졌습니다. 그런데 의외로 성공한 삶에 대한 생각은 단순해지고 있습니다. 그러니 자기 안에서 모순이 발생하고, 작은 일에도 힘이 드는 것입니다. 자기 책임을 강조하는 사회인데, 정작 사람들은 주변의 의견에 따르는 게 무난하고 안전하며 바르다고 생각하는 경향이 강해지고 있습니다.

하지만 빨리 깨달아야 합니다. '나의 행복'을 기준으로 생각하면 사실은 다수를 추종하는 것이 가장 리스크가 큰 선택입니다. 자신의 축이 되는 철학은 스스로 만들어야만 하기 때문입니다. 현대사회를 살아가기 위해 가장 중요한 것은 '나는 이렇게 살겠다' 하고 확실하게 말할 수 있는 자신만의 철학을 갖는 것입니다.

철학이라고 해서 어려운 것이 아닙니다. 저는 과거의 경험에서 얻은 교훈이 내 철학의 밑거름이 되었습니다. 경험을 통해서 좋아하는 것과 소중히 하고 싶은 것을 정했지요. 그리고 '도움을 받은 사람에게는 반드시 보답을 하자', '다른 사람의 장점을 먼저 보려고 노력하자'와 같은 생활 속 지침을 갖게 되었습니다.

누군가 어떤 습관을 가지고 있는지 살펴보면 그가 어떤 사람인지 짐작할 수 있지요. 자신이 어떤 사람인지 스스로 잘 들여다보기

71

바랍니다. 때로는 머리로 생각하는 것과 다르게 살고 있을 수도 있습니다. 10년 전의 모습으로 계속 살고 있는지, 10년 후를 대비한 삶을 살고 있는지 잘 생각해보십시오. 자신의 철학과 기준으로 스스로를 점검하는 연습을 이제부터 해야 합니다. ◇

먼 미래는
너무 구체적으로
생각하지 마라

타임머신을 타고 21살로 되돌아간다면
저는 젊은 제 자신에게 이렇게 말하고 싶어요.
삶이란 무엇을 얻고 성취하는 것이 전부가 아니라는 사실을
깨달아야 행복할 수 있다고.

조앤 J. 롤링 작가

'인생 시간'에 대해 누구나 한 번쯤 들어보았을 것입니다. 지금의 나이를 3으로 나눈 것이 '인생 시간'이라고 합니다. 예를 들면 30세인 사람은 30세÷3＝10시. 아직 오전 중입니다. 60세라면 60세÷3＝20시. 오후 8시로 지금부터가 성인을 위한 시간이지요. 하지만 이렇게 따지면 3×24시간＝72세로 인생이 끝나고 맙니다. 그런데

멀리 보는 사람들이 하지 않는 것

요즘은 더 길게 사는 시대가 되었지요.

젊은 사람들도 길어진 인생에 대해서 많이들 생각합니다. 그런데 그것을 두려움으로 생각한다면 답이 없습니다. 그 대신 자신의 길을 만들 수 있는 시간과 기회가 좀 더 늘어났다고 생각해야 합니다. 비록 지금은 어떤 분야에 소질이 없다고 해도, 이제는 그걸 연습하고 익힐 시간이 더 늘어났다고 생각하면 됩니다.

분명한 것은 고령화 사회로 가면 갈수록 나이의 장벽 또한 낮아질 것이라는 점입니다. 20대에는 어느 대학을 가느냐, 어떤 직장에 들어가느냐가 매우 중요합니다. 그래서 좌절도 많이 겪지요. 하지만 우리가 사회인으로서 10여 년을 살다가 문득 뒤돌아보면, 어느 순간 그러한 것들이 하나도 중요하지 않게 작용하고 있음을 깨닫습니다.

이것은 분명한 사실입니다. 세상은 공정하지 않습니다. 하지만 출발선의 차이를 이길 만큼 세상을 사는 시간은 길어지고 있습니다. 순위를 바꿀 기회가 있는 변화의 지점들도 자주 찾아옵니다. 여성의 경우 수명이 더 길지요. 또한 여성은 나이가 들어간다고 해도, 남성에 비해 지적이고 신체적인 능력이 그렇게 빠르게 퇴화하지 않습니다. 주변을 둘러보면 여성들은 나이가 들어가도 에너지가 급격하게 떨어지는 경우가 그렇게 많지 않습니다.

저는 나이가 많지만 여전히 현역처럼 활동하는 여성분들을 의외로 많이 만납니다. 많은 이들이 남성들, 특히 사회적으로 정점에 오른 사람들만 나이가 들어서도 일을 할 수 있다고 생각하는데, 그렇지 않습니다. 20대가 30대의 나이를 두려워하지 말아야 하듯이, 30대도 40대의 나이를, 40대도 50대의 나이를 두려워하지 말아야 합니다. 정말 신기한 것은 나이가 드는 것을 두려워하지 않는 사람일수록 또래보다 훨씬 더 젊게 산다는 사실입니다.

한편, 최근 들어 '아이 같은 어른'이 많아지고 있습니다. 신체적으로는 성인이 되었는데, 사고나 행동 방식은 그 나이보다 훨씬 어리게 한다는 겁니다. 그건 젊은 것도 아니고, 새롭다거나 유연한 것도 아닙니다. 여러분도 주변을 보면서 느낀 적이 없나요? '저 사람은 마흔이 넘은 남성인데 왜 고등학생 남자애와 같은 생각을 할까?', '저 여자는 저렇게 하고 다니면 자기가 20살처럼 보일 줄 아나 봐?' 그럴 때 아이 같다는 말은 젊다는 게 아니라 오히려, 어떤 시기에 자기를 가둬버렸음을 뜻합니다. 그들이 아무리 최신 유행을 이야기하고 젊은이 같은 취향을 가졌다 해도, 그것이 멋있거나 신선하게 보이지 않지요.

오히려, 나이가 많아도 스스로 늙지 않았다고 생각하며 여전히 젊은 감각을 유지하고 있는 분들이 한결같이 하는 말이 있습니다. '나는 나이 드는 것이 두렵지 않았다. 다시 젊은 시절로 돌아가라고 해도 돌아가지 않겠다. 나는 나이가 들어갈수록 더 좋다.' 왜 그들은 그렇게 말할 수 있을까요? 지금껏 그들은 언제나 과거의 영광이 아닌 미래의 도전을 그리며 살아왔고, 그것이 주는 생기 있는 에너지가 무엇인지 확실하게 느끼기 때문입니다.

그런 점에서 한 해 한 해 나이 드는 것을 너무 의식하지 마세요. 정 의식이 된다면 '인생 시간'을 이제 3이 아닌 4로 나누어 생각하세요. 그러면 앞으로 만찬을 즐길 시간이 아직 많이 남아 있음을 느끼게 될 것입니다. 내 인생의 만찬이 어떻게 될지는 지금의 정오, 지금의 오후를 어떻게 보내는가에 달려 있지요. 그렇게 '인생 시간'을 의식하면서 '언젠가 이렇게 살고 싶다'는 그림을 그리는 일은 지금 이 시간을 더욱 충실히 살아가게 만듭니다. 그렇게 하루하루의 시간이 충만하게 쌓이는 것입니다.

작가인 마리 베이넌 레이는 이렇게 말했습니다. "살아 있다고 해서 저절로 나이를 먹는 사람은 없다. 인생에 흥미를 느끼기 시작하면 비로소 나이를 먹는다." 저는 그렇게 인생에 흥미를 느끼기 위해 필요한 것 중의 하나가 야망이라고 생각합니다.

저의 야망은 여행을 하고 글을 쓰면서 사는 인생이었습니다. 10여 년 전 지방의 한 신문사에서 계약직 사원으로 일하고 있을 때였습니다. 저는 그리스와 이탈리아가 무대인 작가 무라카미 하루키의 여행 에세이 《먼 북소리》처럼 세계 여러 나라의 공기를 피부로 느끼면서 글을 쓰고 싶다고 막연하게 생각했습니다. 하지만 실행할 능력도 자신감도 구체적인 계획도, 아무것도 없었지요.

그러나 그 야망에 가깝게 다가가는 일이라면 무엇이든 했던 것 같습니다. 사실 아르바이트 생활을 하면서 프리랜서로 여기저기에 글을 쓰던 생활은, 내가 꿈꾸던 그 야망과 너무나도 달랐지요. 실제로는 그저 받은 일을 시간에 맞춰 넘기고, 주어진 일을 하나씩 해결하기에도 벅찼습니다. 그러나 그 야망을 아주 오랫동안 버리지 않고 가슴에 품고 있었고, 실제로 현실이 될 수 있을 거라고 생각했습니다. 지금의 현실이 그 수준에 너무나도 미치지 못한다고 해도, 조금씩 다가가고 있다고 생각했지요. 그런데 어느 날 보니 제가 책을 쓰고 강연을 하고 사진 전시회도 열고 있었습니다. 2012년 그리스 아테네의 한 호텔에서 원고를 쓰는 순간 문득 떠올랐습니다. '이 상황은 내가 10년 전에 상상하던 모습인걸.'

지금도 이루고 싶은 새로운 야망이 있습니다. 이 역시 멀고 먼 꿈과 같은 이야기입니다. 하지만 그런 야망이 있으니, 삶에 대한 흥미가 생깁니다. 다가올 시간에 어떤 내용을 채울지 생각할 수 있고, 기대가 됩니다. 그리고 그렇게 삶에 대해 흥미를 느끼는 사람은 도움을 찾고, 타이밍을 생각하고, 기회와 정보를 챙기게 됩니

멀리 보는 사람들이 하지 않는 것

다. 스스로에게 필요한 여러 가지 지원과 격려를 끌어모으게 되지요. 제가 10년 후를 준비하라고 말하지만, 그것은 곧 오늘을 충실히 잘 산다는 말과 다름없습니다. 오늘을 최선을 다해 살라는 말은 우리가 언제나 들어왔지만, 생각해보면 그게 무엇인지 정확하게 알 수가 없습니다. 그렇기 때문에 하루하루를 내가 잘 살고 있는지 불안했던 것입니다.

나의 오늘 하루가 확실한지 아닌지 확인할 수 있는 방법은 없습니다. 그래서 먼 목표가 필요합니다. 바닥만 보고 걸으면 아무리 똑바로 걷는다 해도 길을 잃지만, 저 멀리 보이는 것을 향해 걸으면, 큰 방향은 틀리지 않습니다. 그리고 설령 그 길이 힘들고 한참 남았다고 해도, 계속 다가가고 있다는 느낌이 들어 덜 불안하지요.

그런 점에서 먼 미래의 목표를 너무 구체적으로 잡는 것은 좋지 않습니다. 멀리서 보면 동그랗게 보이던 물건이 가까이 가서 보면 다른 형태인 경우가 있듯, 우리 인생의 목표도 멀수록 그 구체적인 형태를 확신할 수 없습니다.

그러니 먼 미래의 목표는 막연하게, 그리고 높은 곳에 두는 게 좋습니다. 멀리 있을수록, 정확하게 보이지 않을수록, 더 매력적이

10년 전을 사는 여자, 10년 후를 사는 여자

지요. 너무 자세히 알고 있는 것은 시간이 지나면 흥미가 떨어지게 마련입니다. 또 빨리 그 목표에 도달하지 못하면 금방 지치지요.

우리가 먼 미래의 목표를 '꿈'이라고 표현하는 데는 이유가 있습니다. 꿈이란 비현실적인 것이지요. 상상하고 바라는 것이고, 그래서 엉뚱할 수도 있습니다. 그러나 오히려 그럴수록 나 자신을 더 끌어당깁니다. 10년 후를 준비하라고 하면 사람들이 너무 먼 미래가 아니냐고 말합니다. 3년 후, 5년 후를 준비해도 되는데, 굳이 10년 후여야 하느냐고 말이지요.

그 이유가 있습니다. 3년, 5년은 가까운 목표이고, 지금보다 조금만 더 노력하면 이룰 수 있는 것이어야 합니다. 그래야 노력할 수 있는 힘이 납니다. 하지만 우리가 좀 더 원대한 꿈을 이루고 싶다면, 좀 더 멀리 볼 줄 알아야 합니다. 그리고 그 멀리 있는 꿈을 스스로에게 매력적인 것으로 설정해야 합니다.

심리학을 전공하는 한 친구가 저에게 이런 말을 했습니다. "네가 닮고 싶은 사람이 있으면, 그 사람 사진을 책상에 붙여봐." 저 사람처럼 OOO이 되겠다는 구체적인 말 대신, 그 사람의 이미지를 느껴보라는 말이었습니다. 그 이미지가 주는 추상적인 매력이 더 강한 힘을 준다는 말이지요. ◇

멀리 보는 사람들이 하지 않는 것

가까운 미래는
어떻게 그리는 게 좋은가

실패하면 실망할지도 모르지만, 시도조차 하지 않으면 죽은 몸이나 마찬가지다.

비벌리 실즈 소프라노 가수

멀리 있는 목표는 너무 뚜렷하게 잡지 않는 게 좋습니다. 그래야 상황에 따라 유연하게 자신을 바꿀 수 있으니까요. 그러면 가까운 미래는 어떻게 그려야 할까요? 가까운 목표는 1가지만 정합니다. 그리고 매일 눈에 보이는 곳에 목표를 적어 붙이고 어떤 성과를 올리고 싶은지, 어떻게 해야 이룰 수 있을지 생각합니다. 그리고 생

10년 전을 사는 여자, 10년 후를 사는 여자

각한 것을 계획표에 적고 실행에 옮깁니다. 계획은 예상하지 못한 사태가 터져서 생각대로 되지 않을 때가 많습니다. 하지만 계획을 세운다는 건 꼭 그대로 진행하기 위한 것이 아닙니다. 목표를 향해 나아가는 '지금'의 시간을 만드는 것이 목적입니다.

원하는 목표를 이루고 나면 다음 목표를 세웁니다. 그것이 끝나면 또 다음 목표를 정합니다. 손에 닿을 작은 목표지만 몇 번이고 반복하는 동안, 처음에 있던 장소보다 꽤 멀리 온 것을 깨닫게 됩니다. 분명 이 같은 하루하루는 인생이 끝나는 날까지 계속될 것입니다. 무엇인가의 목표를 향해 나아가는 때가 에너지가 가장 잘 생기는 상태라고 생각합니다.

흔히 사람들은 '전성기'라는 말을 많이 씁니다. 인생의 황금기라는 표현도 쓰지요. 인생에는 클라이맥스가 있어서 '지금 나는 그곳을 향해 나아가고 있다' 혹은 '이미 지나서 떨어지고 있다'라고 생각합니다. 그런데 사실 그런 건 없습니다. 인생에서 전성기란 도대체 뭘 의미하는 걸까요? 내가 가장 아름다웠을 때? 나를 사랑하는 이들이 많았을 때? 내가 다른 사람들로부터 인정받았을 때? 내가 사회적으로 가장 성공했을 때?

이렇게 질문을 세부적으로 던지다 보면 깨닫게 됩니다. 사람이 인생을 살면서 필요한 여러 가지가 있는데, 그것들이 모두 충족되는

멀리 보는 사람들이 하지 않는 것

시기는 없다는 겁니다. 전성기라는 말 자체가 환영과 같다는 거죠.

다만 저는 인생에서 어떤 단계들은 있다고 생각합니다. 부지런히 토양을 다지는 시기, 씨 뿌리는 시기, 성장하는 시기, 이삭을 거둬들이는 시기…… . 성장하는 시기가 줄곧 계속되는 사람도 있는가 하면 이삭을 몇 번이고 거둬들이는 사람도 있습니다. 그러나 각 단계마다의 즐거움은 언제나 있지요.

여성들에게는 특히 더 많은 단계들이 찾아옵니다. 마음껏 일하는 사람, 아이를 위해 직장을 그만두는 사람, 새로운 일을 시작하는 사람, 부모님을 돌보는 사람 등 다양한 사람이 다양한 선택을 하며 살고 있습니다. 줄곧 같은 직장을 다니더라도 같은 상태가 이어지는 것은 아닙니다. 부서 이동이 있기도 하고 직장 내 상황이 변하기도 합니다. 독신이라도 전환기가 있게 마련입니다. 나이에 따라서 할 수 있는 것도 변합니다.

이렇게 변화하는 계절과 같은 시기를 누리는 것 또한 여자의 인생이지요. 자신의 인생 전체를 부감하는 거시적인 안목과 발밑을 세세하게 응시하는 미시적인 시각을 갖고 있다면 분명 각 시기마다 충만함을 느낄 수 있을 것입니다.

그리고 여러분이 내면에 다양성을 계속 덧쌓아가면 저절로 결과가 만들어진다는 이야기를 꼭 하고 싶습니다. 과거에 쌓은 경험이

나 배웠던 것을 계속 이어나가고 있지 못한다고 속상해하지 마십시오. 뜻밖의 상황에 쓸모가 생길 수도 있습니다.

학교 때의 전공을 살리지 못했다고 해도, 그때 알았던 지식이 필요한 순간은 분명히 옵니다. 이것저것 급하게 일을 하다 보니 다녔던 회사나 경험들이 서로 연결되지 않는다고 해서 주눅 들 필요 없습니다. 젊을 때는 그런 게 콤플렉스가 되기도 합니다. 하지만 나이가 들어갈수록 큰 관점에서 보는 안목이 생깁니다. 그러면 전혀 관계없어 보이는 것들에서 지혜를 얻는 힘도 생깁니다. 그런 나이가 되면 방황했던 시절의 경력이 큰 도움이 됩니다.

오히려 처음부터 안정된 직장에 들어가서 계속 탄탄대로를 밟아온 사람이 나이가 들면서 고생하는 경우를 많이 봅니다. 언제나 잘해와서 주변의 기대치가 높아져 있기 때문이기도 하고, 절대적인 경험치가 낮기 때문에 일어나는 문제들도 있습니다.

지식이나 기술, 정보, 인맥과 같은 업무에 관한 축적 이외에도 봉사 활동, 사회 참여, 지역 활동, 집안일, 육아 등과 같은 업무 이외의 경험이 직장에서 도움이 될 때도 있습니다. 사적인 생활도 마찬가지입니다. 다양한 경험을 해본 사람과 사귀면 훨씬 덜 싸웁니다. 아무리 상대를 배려한다고 해도 내가 경험한 만큼만 상대를 이해하게 됩니다. 그런데 다양한 사회생활을 해본 사람이면 사적인

멀리 보는 사람들이 하지 않는 것

관계에서도 훨씬 더 배려심이 크기 마련입니다. 경험이 생활의 풍요로움을 만들어갑니다.

그러니 뭔가 할 수 없는 상황이라고 가만히 있지 말고, 뭐라도 해보는 게 좋습니다. 주위에서 보기에는 재능이 있다고 생각되는 사람이 좀처럼 자기 재능을 살리지 않고 지금의 상황에 만족하며 지내는 경우를 종종 봅니다. 왜 그렇게 수동적으로 있냐고 물어보면 이렇게 말합니다. '나는 이제 젊지도 않고, 학력도, 경력도, 돈도, 시간도 없고, 할 수 있는 것이 없다.' 그러나 그렇게 할 수 없는 것에만 초점을 맞추고 지내다 보면 가지고 있는 것마저 쓸모없게 변합니다. 그러면 결국에는 자신에 대한 자긍심도 없어지고 말지요.

멀리 보는 사람들은 무엇보다 자신이 이미 가지고 있는 것들의 가치를 높게 칩니다. 내가 가지고 있는 것은 어느 하나 귀중하지 않은 게 없고, 어떻게 하면 그것을 더 의미있게 만들 수 있을까 생각합니다. 하지만 보통 사람들은 '그때의 경험은 그냥 흘러가는 시간이었어', '뭐 그런 일도 할 때가 있는 거지', '참, 지나고 보면 하지 말았어야 하는 일이었어'와 같은 식으로 말합니다.

그러지 말고 자신을 자세히 들여다보세요. 그러면 자신이 가치있는 것을 많이 갖고 있음을 깨닫게 됩니다. 우리가 꿈을 가지고 노력하려는 최종 목표는 무엇일까요? 아주 단순합니다. 바로 자립입니다. 남의 도움 없이 나를 끝까지 잘 챙길 수 있는 것. 그리고 다른 사람들을 도와줄 수 있는 힘까지 가질 수 있는 것. 그것이 자립입니다.

그리고 진정한 자립은 여기에서 더 나아가, 자신의 권리까지 당당히 요청할 수 있게 만듭니다. 자신의 가치를 열심히 갈고 닦아서 "나는 당신의 OO에 공헌할 수 있습니다. 따라서 나의 OO에 대한 권리를 요구합니다"라고 대등한 입장에서 이야기할 수 있어야 합니다. 자립은 그렇게 얻어집니다.

시대는 급격히 변화하고 그때마다 요구도 변합니다. 아주 특별한 능력이 없는 한, 같은 상태를 지속하며 살기 어려운 시대가 되었습니다. 그러니 어떤 변화에도 기죽지 않고 다시 새로운 길이 열릴 것이라고 믿으며 계속해서 도전하는 삶을 살아야 합니다. 지금 하고 있는 일만을 붙들고 살면, 끊임없이 도전하는 사람과는 10년 후에 큰 차이가 벌어집니다. 오해하지 않도록 미리 덧붙이자면, 무엇이든 할 수 있어야 한다거나 무슨 일이든 해야 한다는 말은 아닙니다.

누구나 부족한 부분이 있습니다. 부족한 인간이 살아가기 위해서는, 자신이 잘할 수 있는 일로 승부하고 그 능력을 연마해 선택지를 더해가며 변화를 계속해야 합니다. 하나의 전문성만을 고수하고 지내면 즉시 활용할 수 없게 되며, 시야도 좁아집니다. 시도

멀리 보는 사람들이 하지 않는 것

해보고 원하는 것과 차이가 있다면 방향 전환을 할 수 있는 유연성
은 꼭 필요합니다.

'할 수 있는 일이 이것밖에 없다'는 말은 변명입니다. 그 말은
결국 '이것만 하고 싶다'는 고집입니다.

일도 생활도 결국은 누구나 할 수 있는 작은 일이 축적되어 만들
어집니다. '1인 기업'을 시작한다고 마음먹으면 할 수 있는 일은
얼마든지 있습니다. 자신 안에 살아갈 힘을 저장해두려면, 모든 작
은 도전과 작은 경험을 쌓아가는 수밖에 없습니다. 어차피 해야 할
일이라면 즐겁게 하는 것이 좋겠지요.

갑자기 전공을 바꾸거나 직업을 바꾸게 되면 이제까지 쌓아온
경력이 상황에 따라 초기화되는 일도 생깁니다. 하지만 지금까지
해온 일과 생각해온 것은 자신 안에 남아 있습니다. 열심히 도전해
온 경험은 무대가 바뀌더라도 당신을 지탱해주며 살아가는 힘을
만들어줄 것입니다.

자연계에서는 획일적인 생물군보다는 여러 종류가 있는 다양성
을 지닌 생물군이 살아남는다고 합니다. 환경에 변화가 생겼을 때,
획일적인 생물군은 적응하거나 못 하거나 둘 중 하나입니다. 전멸

할 가능성도 있습니다. 다양성을 지닌 생물군은 그중에 하나라도 적응해서 살아남을 수 있습니다. 다양한 선택을 할 수 있어서 어떤 변화에도 강합니다. 다양성을 지닌 존재가 살아남는 것은 인간 사회도 마찬가지라고 생각합니다. ◇

멀리 보는 사람들이 하지 않는 것

3장
앞으로 10년, 어떤 위험이 기다리고 있는가

10년 후를 볼 줄 아는 사람은 '자기다운 모습'보다
'자신의 가능성'을 보며, '하고 싶은 일'보다 '할 수 있는 일'을 추구합니다.
자기다운 모습을 고수하는 것이,
과거의 자신에 묶여 있는 일은 아닌지 의심해보세요.
10년 전의 나의 모습을 본래의 자기 모습으로 착각해선 안 됩니다.

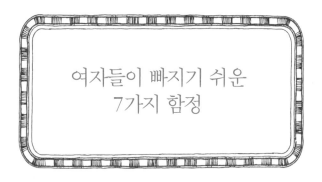

여자들이 빠지기 쉬운
7가지 함정

아무런 위험을 감수하지 않는다면 더 큰 위험을 감수하게 될 것이다.

에리카 종 작가

사회인이 된 이후에 가장 큰 일이 무엇이었냐고 물어보면 대부분의 사람들이 '이직'을 꼽습니다. 첫 직장에 취업할 때만 해도 평생이 직장에 다닐 것 같지만, 그런 마음은 정말 신기하게도 곧 사라지곤 합니다. 그리고 깨닫습니다. 취직보다 이직이 더 고민스러운일이라는 사실을요.

91

특히 요즘 시기에는 30세 전후의 나이에 첫 취업을 하는 경우가 많아서, 이직을 하는 게 더 큰 리스크로 느껴지기도 합니다. '이제 더 이상 신입사원이라 할 수 있는 나이도 아닌데 회사를 옮겨도 될까?' 싶은 생각이 들지요. 여성은 남성에 비해 이직으로 인해 겪는 스트레스가 더 큽니다. 지금 이 회사에 더 있다고 해도 전망이 없을 것 같지만, 그렇다고 직장을 그만두거나 옮기면 자신이 '뿌리 없는 인간'처럼 느껴져서 너무나 불안해집니다.

이 와중에 결혼과 육아가 끼어들면 인생은 더 복잡해집니다. 결혼을 한 여성들은 계속 사회생활을 유지할 수 있을까 하는 고민의 순간들을 수없이 겪습니다. 반면 결혼을 안 한 여성들은 어쩌다 보니 자신이 너무 나이가 들어버린 게 아닌가 싶어 덜컥 겁이 납니다. 벌써 30대 중반인데 이러다 결혼을 못 하는 게 아닐까 하는 조바심이 심지어 일을 하는 데도 영향을 미칩니다. 여성의 인생에 안전한 길이란 없습니다. 어떤 방향으로 가더라도 어느 정도의 함정은 기다리고 있습니다. 과연 어떤 리스크가 있을까요? 제 나름대로 정리를 해보니, 여성에게는 7가지 리스크가 있다는 것을 알게 되었습니다.

1. 남성이 일하는 방식을 그대로 따르길 원하는 회사를 다니고 있다면, 결혼이나 출산 등의 문제가 생겼을 때 일과 가정 중 하

나를 선택하도록 강요당합니다.

2. 업무의 난이도가 높거나 부담이 큰 곳을 피해서 부담이 적은 쪽의 일만 선택하다 보면, 업무 기술은 늘지 않고 저임금을 받고 사는 인생으로 고정됩니다.

3. 일단 가정으로 들어가면서 일의 공백이 생기면, 특별한 기술이나 자격증이 없는 한 재취업이 쉽지 않습니다.

4. 개인적인 사정보다 일을 우선으로 두는 경우에는 결혼이나 출산의 기회를 놓칠 수 있습니다. 또한 스트레스나 과로에서 비롯되는 질병에 걸리거나, 심하면 우울증에 시달릴 수도 있습니다.

5. 일과 가정생활을 병행할 때는 직장과 가족, 친척으로부터 이해와 협력을 얻지 못하면 정신적으로도 육체적으로도 고통스러운 상황에 처합니다.

6. 공무원이나 대기업 등 안정된 곳에 취직해서 일과 가정생활의 병행이 가능하다 하더라도 일에 대한 부적응, 상사나 동료의 괴롭힘, 배우자의 전근 등 예측하지 못한 사태가 생겨 퇴직하기도 합니다.

7. 전업주부라면 배우자의 직장 상황, 건강 문제, 실직이나 이직 등에 생활과 인생이 좌우됩니다. 이혼도 매우 큰 변수로 작용할 수 있습니다.

실제로는 더 많은 구체적인 리스크가 있을 겁니다. 그런데 이 리스크의 목록을 보면 뭔가 느껴지는 게 있지 않습니까? 이 리스크들은 보통 우리가 다 예상할 수 있는 일들이기도 하고, 무엇보다 쉽게 피해갈 수 없는 일이라는 중요한 특징이 있습니다. 즉, 인생을 살다 보면 안 겪을 수도 있지만 또 충분히 일어날 법한 일이라는 것이죠.

그런데 사람들은 이런 일을 겪으면 마치 자기가 엄청난 패배자가 된 듯한 기분을 느낍니다. 그렇지 않습니다. 앞에서 말한 리스크는 여성이라면 누구나 겪을 수 있고, 충분히 벌어질 수 있는 종류의 일들입니다. 중요한 것은 저런 리스크가 일어났다는 그 자체가 아닙니다. 그 리스크에 어떻게 대처하느냐가 중요한 것입니다. 특별한 기술이 없어서 재취업이 쉽지 않은 이들은 많이 있습니다. 그것이 누구만의 특별한 문제는 아닙니다. 그러나 그다음에 어떻게 대처하느냐는 개인마다 많은 차이가 있습니다.

멀리 보는 사람들의 특징이 바로 이것입니다. 물론 저 7가지 함정이 쉬운 일은 아닙니다. 아주 엄청나고 감당하기 힘든 일입니다. 하지만 이후 10년이라는 긴 시간을 떠올린다면 충분히 저런 일들이 벌어질 수 있겠다는 생각이 들 것입니다. 10년 후를 본다는 것은 좋은 일만 생각한다는 게 아니기 때문입니다.

1가지 더 이야기하자면, 많은 이들이 저 리스크를 피하려다가 오히려 부작용을 겪기도 합니다. 이 리스크를 피하기 위해 선택한 길이 더욱 위험한 상태에 처하는 겁니다. 인생에는 이러한 모순이 도사리고 있습니다.

그런데 왜 이 같은 모순이 일어날까요? 무엇보다도 인생의 기회가 한 번뿐이라고 생각하기 때문입니다. 지금 우리가 사는 곳은 한 번 기회를 놓치면 두 번째 기회를 잡기 어려운 사회입니다. 게다가 일과 결혼에 실패하면 '이번에는 잘못했지만 다음에 잘하면 돼'라고 좀처럼 생각하기 어렵습니다. 그래서 지금 일하고 있는 곳이 별로 좋지 않다고 생각하면서도, 지금 만나는 사람이 꼭 마음에 들지 않아도, 포기하기에는 너무 위험하다고 생각합니다. 그렇게 현상 유지만 하면서 한 발짝도 내밀지 못하는 상태가 됩니다. 또는 리스크를 피하려고 한 행동이 언젠가부터 다른 리스크에 빠지는 원인이 되기도 합니다.

많은 이들이 장래에 대한 불안한 마음을 품고 있으면서도 의외로 리스크가 아주 큰 삶의 방식을 선택해서 살고 있습니다. 그러나 무엇인가에 집착하거나 의지하는 삶은 10년 후, 20년 후에 더욱 큰 불안을 만듭니다. '이것밖에 없어', '꼭 이것이어야만 해'라는 착각도 자신을 리스크의 구덩이로 몰아넣습니다.

앞으로 10년, 어떤 위험이 기다리고 있는가

이것밖에 없다고 생각하면 직장에서도 수동적으로 살아가게 됩니다. 그러면 오히려 적극적으로 능력을 발휘해야 할 때를 놓칠 수 있습니다. 결혼보다 일이 더 중요하다고 생각해서 이성을 만나는 일에 소극적으로 임하면 나중에는 만나고 싶어도 인연이 잘 닿지 않습니다.

제가 여성들이 마주하게 되는 7가지 함정을 이야기한 것은, 그러한 일들이 벌어질 가능성이 있다고 말하기 위해서입니다. 벌어지지 않은 일을 고민하느라 겁먹을 필요는 없죠. 오히려 그 같은 일이 닥칠 수도 있다고 생각해야, 정말 필요한 대비책이 무엇인지 생각해낼 수 있습니다. 역설적으로, 그러한 일이 벌어지지 않으려면 오히려 그것이 나에게 닥칠 수 있다고 생각해야 한다는 겁니다. 피하려고 하지 말고, 인생에서 충분히 벌어질 수 있는 일이라고 생각하세요. 유능한 사람이든 무능한 사람이든 닥칠 수 있는 일입니다. 베스트셀러 작가 스티븐 코비의 말을 빌리자면 "가장 큰 위험은 위험 없는 삶"입니다.

따라서 리스크를 피할 수 있는 유일한 방법은, 모든 가능성을 열어두는 것입니다. 어떤 상황이 오든 뭐든지 할 수 있다는 열린 마음으로 모든 선택의 가능성을 남겨두세요. 그래야 리스크를 피할 길이 열립니다. 그리고 살아남기 위한 지혜와 힘을 자기 안에 축적

하기 위해서 지금부터 조금씩이라도 움직이기 시작해야 합니다. 확실한 길이 아니더라도 우선은 움직이면서 생각하면 됩니다. 지금 하는 일이 열매를 맺는 것은 10년 후입니다. 그리고 아무것도 하지 않은 대가가 돌아오는 것도 10년 후입니다. ◇

97

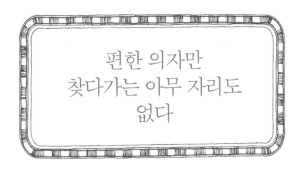

편한 의자만
찾다가는 아무 자리도
없다

할 수 없을 것 같은 일을 하라. 실패하라. 그리고 다시 도전하라. 이번에는 더 잘 해보라.
넘어져본 적이 없는 사람은 단지 위험을 감수해본 적이 없는 사람일 뿐이다.
이제 여러분의 차례이다. 이 순간을 자신의 것으로 만들라.

오프라 윈프리 방송인

얼마 전에 고등학교 시절의 담임 선생님을 뵙고 이야기를 나눌 기
회가 있었습니다. 그때 선생님이 하신 말씀이 강하게 기억에 남았
습니다.

"양극화 사회는 고등학교 시절부터 시작돼. 학교에서 성적이 차
이 나기 시작하면 진학하는 대학이 달라지고 결국 대학은 취직자

리를 결정하지. 그러니까 조금이라도 좋은 대학에 들어가 좋은 회사로 넘어가는 안전한 길을 걷고 싶어 하는 거지. 도중에 그 길에 끼어들기는 어렵거든. 어쩌다 길에서 벗어나버려도 다시 올라타기 어렵고. 이제는 인생 역전이 힘겨운 시대가 되었어."

인정하기 싫지만 사실입니다. 이미 취직 경쟁은 10대 시절부터 시작되고 있습니다. 그리고 확실히 안정이 보장된 황금 같은 취직 자리의 주인들은 애초에 정해져 있습니다. 기업은 회사의 중핵이 될 뛰어난 인재를 손에 넣기 위해 서둘러 나섭니다. 학생들도 될 수 있으면 좋은 조건으로 취직하고 싶어 치열하게 경쟁합니다. 대기업이면 어디든 상관없다는 생각으로 이력서를 몇십 군데나 넣는 학생도 적지 않습니다.

마치 의자 뺏기 게임 같은 취업 인생입니다. 몇 개의 의자 주위를 많은 인원이 빙글빙글 돌다가, 신호가 울리는 동시에 의자에 앉지요. 의자의 숫자는 인원수보다 적어 몇 명은 앉지 못하고 남습니다. 의자를 줄이고 다시 합니다. 또 누군가가 앉지 못하고 남습니다. 이 의자 뺏기 게임처럼 취업도 계속 탈락해가다가 마지막에는 아주 적은 인원만 남습니다.

취업뿐만 아니라 결혼도 의자 뺏기 게임과 같은 면이 있습니다. 저는 결혼 상담소에서 근무한 적이 있습니다. 좋은 조건의 남성에

앞으로 10년, 어떤 위험이 기다리고 있는가

게 여러 여성이 몰리는 상황은 자주 벌어집니다. 수입이 높고 안정적이며, 외모도 괜찮고 성격도 밝고 인간관계도 좋은, 모두가 원하는 조건을 갖춘 남성은 그리 많지 않으니까요. 그리고 그런 남성은 여성에게 원하는 조건도 높습니다.

이처럼 살벌한 사회에서 의자를 차지하기 위해 경쟁하며, 자신의 가치에 값이 매겨지며 살아야 하는 것은 얼마나 힘이 들까요? 하지만 저는 현재를 살아가는 젊은 청춘들이 안쓰럽다고 생각하지 않습니다. 스스로를 위해서도 그런 생각은 하지 않는 게 좋습니다. 몇 번이고 반복해서 말하지만, 선택할 수 있는 길은 분명히 있습니다. 심지어 얼마든지 있다고 말할 수 있습니다. 물론 누구나 앉고 싶어 하는 편안한 의자는 경쟁률이 높습니다. 이것은 현실이지요.

하지만 과연 그 의자가 계속 편안할까요? 지금은 편하지 않지만 몇 년 후에는 편안해질 의자, 혹은 다른 사람은 별로 편하지 않다고 하더라도 자신에게는 편안한 의자를 생각해보면 상당히 많습니다. 제가 아는 기업의 CEO나 임원들 중에서 이직해본 경험이 없는 사람, 작은 기업에 다녀보지 않은 사람은 거의 없습니다.

지금 우리가 살고 있는 곳이 양극화 사회이긴 합니다. 하지만 그 격차는 많이 달라집니다. 기업만 봐도 그렇지요. 한때 매우 유망하던 업종이 불과 10여 년 만에 완전히 사양산업이 되는 경우는 비일

10년 전을 사는 여자, 10년 후를 사는 여자

비재합니다. 물론 대기업들은 계속 살아남지요. 그러나 가만히 보면 그 대기업 안에서도 어떤 분야는 죽고, 어떤 분야는 살아납니다. 계속 잘하는 업종으로 성공하는 기업들도 있지만, 확률적으로 매우 희귀합니다.

사회가 불안해졌기 때문에 대기업을 선호하는 경향이 강해졌을 뿐, 의외로 예전만 해도 그렇게 대기업에 사람들이 몰리지 않았습니다. 작은 기업의 경우, 오히려 능력을 발휘할 수 있는 기회가 더 빨리 주어집니다. 조금 규모가 작은 기업이라도 공개 채용도 적극적으로 하고, 경력 사원의 이직에도 호의적인 곳들이 오히려 더 빠른 성장을 가져올 수 있습니다.

학교 다닐 때는 나보다 공부도 못하고 좋은 기업에 취직하지도 못했는데, 어느 날 작은 기업에서 꽤 높은 자리에 올라가 있는 친구들이 있습니다. 어느 정도 나이가 지나면 자기 명함에서 중요한 것은 회사의 이름이 아니라, 자신의 직함이나 직책이 됩니다. 그리고 사회적으로도 그러한 부분에 더 인정을 많이 하고, 가치를 높게 쳐 줍니다.

아무리 대기업이어도 말단 사원인 사람들이 있습니다. 그것보다는 작지만 강한 회사를 만들고, 그곳에서 중요한 역할을 하는 사람으로 성장하는 것이 훨씬 더 인정받는 일입니다.

앞으로 10년, 어떤 위험이 기다리고 있는가

그런 일이 특출한 능력을 가진 몇몇 사람에게만 해당된다고 생각하지 마십시오. 그들은 원래부터 능력이 출중했던 것이 아니라, 자신이 처한 조건에서 답을 찾고자 했기 때문입니다.

흔히 자리가 사람을 만든다고 합니다. 작은 기업이라고 해도 자신이 결정할 수 있는 일이 많고 외부 사람들과도 만날 일이 많으면, 그 사람은 부쩍부쩍 큽니다. 그만큼 경험의 폭과 시야가 넓어지기 때문입니다. 그러나 안정된 직장이라고 해도 주어진 작은 일들만 반복하다 보면, 어느 순간 스스로가 수준이 떨어져 있음을 느끼게 됩니다.

게다가 작은 기업들은 사적인 생활에서도 융통성이 있습니다. 결혼하고 아이를 키우게 되면 이러한 면이 더 절실하게 다가옵니다. 학부모 참관일에 휴가를 내기도 편하고, 휴일 근무를 해야 할 때 회사로 아이를 데리고 갈 수도 있습니다.

물론 작은 기업은 오래 근무할 수 있는가 하는 문제가 불투명할 수도 있습니다. 그러나 이직 혹은 퇴직을 하더라도, 상대적으로 자신을 위한 능력과 경험, 인맥을 더 많이 쌓을 수 있습니다. 몇 년이 지나면서 편한 의자가 되었다면 행운을 잡았다고 생각하세요. 만일 조기 퇴직하게 되더라도 경험을 쌓은 것으로 득이 되었다고 생각하면 됩니다.

10년 전을 사는 여자, 10년 후를 사는 여자

저는 30대 초반에 작은 IT 기업에 취직한 적이 있습니다. 비서, 경리, 총무, 영업 등 여러 업무를 동시에 맡아 하다가 나중에는 사원의 채용 면접과 교육까지 책임지게 되었습니다. 그때 정말 내 시야가 확 넓어진다는 느낌을 강하게 받았습니다.

어릴 때는 언제나 누군가에게 선택당할 생각만 해왔지요. 학교에서 칭찬을 듣고, 대학 입시에서 면접관에게 잘 보이고, 공모전에 당선되고, 회사에 취직하기 위해서 자기소개서와 면접 기술을 준비합니다. 그러나 인생에는 그렇게 선택을 당하고 남에게 잘 보여야 하는 일만 있는 게 아닙니다.

같이 일할 파트너를 알아보고, 후배를 가르치고, 나를 도와줄 외부 협력 업체를 결정하는 등의 일들을 해야 할 때가 옵니다. 그런데 언제나 안정된 의자만 찾아온 이들은 이러한 일에 매우 서툴 수밖에 없습니다. 비단 직장인의 문제만이 아닙니다. 창업을 할 때도 이 같은 경험이 매우 중요합니다. 좋은 직장의 개념은 앞으로 바뀌어야 합니다. 앞으로 인생을 사는 데 있어서 갖추어야 하는 능력, 겪어야 하는 경험이 잘 제공되는 곳인가 하는 점이 선택의 기준이 되어야 합니다.

자기에게 맞는 의자란 바로 이러한 의미입니다. 나의 적성이나

103

앞으로 10년, 어떤 위험이 기다리고 있는가

소질에 맞는지, 내가 원하는 곳인지도 잘 따져보아야겠지요. 하지만 진정으로 자기에게 '맞는다'라는 것은, 우리가 앞으로의 인생을 길게 내다볼 때, 과연 이 의자에서 얻을 수 있는 것이 무엇인가를 판단하는 일입니다.

10년 후에 내가 인생을 살면서 필요한 것들이 무엇인지 생각해보십시오. 혹은 그 10년 후의 미래로 가기 위해서 이번 단계에서는 무엇을 얻어야 할지 생각해보십시오. 그렇게 보면 남들이 다 탐내는 의자라고 해도 나에게 안 맞는 곳일 수 있습니다. 혹은 지금은 편안한 의자로 보일지 모르지만, 곧 불편한 의자가 될 게 뻔히 보이는 곳도 있습니다.

만일 특정한 업무 능력을 갖추고 있다면 처음부터 '편안한 의자'를 목표로 할 수 있습니다. 제가 신문사에 지원했을 때, 35세라는 연령 제한에 턱걸이인 조건에서 50대 1이라는 높은 경쟁률을 뚫고 합격한 것은 오로지 '사진작가 유경험자'라는 이유 하나 때문이었지요. 당시는 필름을 사용하는 카메라에서 디지털카메라로 이동하는 시기여서 DSLR 카메라로 스튜디오 촬영을 할 수 있는 사람이 적었습니다. 게다가 디지털카메라를 사용할 수 있으면서 동시에 편집과 기자 일도 할 수 있는 사람이 거의 없던 시기였습니다. 신문사에서 3년 정도 일하면서 사진 기술을 익힌 것은 물론이고 편집자와 기자 업무를 배울 수 있었습니다. 그리고 근무하는 동안 익힌 기술이 이렇게 커다란 재산이 되었습니다. 회사에서 월급을 받으면서 공부한 셈입니다.

이처럼 '지금은 인기가 없지만 가능성이 보이는 의자' 혹은 '자신에게 맞는 의자'를 찾아 그곳에서 필요한 사람이 되거나 업무 능력을 쌓을 수 있습니다. 처음부터 편한 의자는 없습니다. 앉기 편하게 만들려면 그 장소에서 자신이 할 수 있는 일을 찾아 인정받는 존재가 될 수밖에 없습니다.

학생들이 이렇게까지 취업 활동에 몰두하는 것은, 일본의 경우가 특히 심한 현상인 것 같습니다. 취업 전선에 늦어지면 안 된다며 그 시기에 할 수 있는 학문에 대한 탐구나 자유로운 여행 등은 다 미뤄둔 채 취업 준비만 합니다. 그러나 그것은 자격일 뿐 기술이 아닙니다. 영어 점수와 높은 학점은 경험이 아니지요.

그러니 아무 기술도 없는 젊은이가 할 수 있는 일은 매우 적습니다. 대기업 사무직을 뽑는 데 계속 원서를 내고 면접을 보러 다니는 것뿐에요. 그런데 다른 많은 나라에서는 학생들이 졸업 후 직장을 몇 번이나 옮겨가며 기술을 익히다가 30세 정도에 자신의 직장을 결정하는 풍토가 있습니다. 지금 우리 사회가 그 나라들과 같지 않다 하더라도, 그렇게 인생의 길을 열어두는 것은 배울 만한 점입니다.

졸업하는 시점에 자신의 진로가 불안하다고 걱정할 필요는 없습니다. 지금 이 회사에서 모든 것을 승부 내야 하는 것도 아닙니다. 인생이라는 게임은 깁니다. 중요한 것은 내가 '흥미'를 잃지 않는 것입니다. 매일이 똑같게 느껴지고 이렇게 살다가 끝날 것 같은 느낌이 드는 건 꼭 나이 든 사람만의 일이 아닙니다. 흥미를 잃으면 그 순간 나이 드는 것입니다. 따라서 의자 뺏기 게임에 참여하지 않고 일부러 남들과 다른 길에 힘을 쏟다 보니, 오히려 앉을 수 있는 의자가 누구보다 먼저 돌연히 나타나는 일도 있습니다.

결혼도 마찬가지입니다. 처음부터 편한 의자는 없습니다. 가끔 그런 생각이 들 때가 있지요. '저 남자가 저렇게 능력 있었어?', '저 여자가 예전에 저렇게 괜찮았나?' 학교를 다닐 때나 20대에는 평범하게 보였던 사람이 오히려 시간이 지나서 멋있게 변한 경우가 꽤 많지요. 그런데 그런 사람들을 보면 꽤 많은 경우가 이미 결혼한 사람입니다. 그때는 '저렇게 재미없는 남자와 누가 결혼을 하지?' 싶었는데, 시간이 지나고 보면 그런 남자가 더 가정적이고 성실하며 또 인생을 잘 꾸리는 경우를 봅니다.

너무 완벽한 사람, 이미 자신의 세계관과 멋이 분명한 사람은 오히려 결혼이 쉽지 않습니다. 아직 정해진 자기 캐릭터는 없지만, 그래서 더 유연하고 상대방과 함께 뭔가를 이뤄가려는 태도를 갖고 있는 사람이 더 좋은 배우자라고 할 수 있습니다. 그런데 어릴 때는 그런 사람들을 재미없어 하지요. 그러나 인생을 길게 꾸려나가기 위해서 어떤 사람이 더 좋을까 하고 생각해보면 답은 분명합니다. 긴 인생을 함께 가는 동료라고 생각하면 사람을 고르는 기준도 훨씬 달라지는 것을 느낄 수 있습니다.

그러니 여러분의 일과 직업에 대해서도 보다 긴 안목에서 바라보는 게 중요합니다. 의자 뺏기 게임에서 어떻게든 앉을 자리만 찾지 말고 말입니다. ◇

앞으로 10년, 어떤 위험이 기다리고 있는가

능력이 있어도
쓸 데가 없을 때가
온다

태어날 때부터 18세까지, 소녀는 좋은 부모가 필요하다.
18세부터 35세까지, 그녀는 미모가 필요하다.
35세부터 55세까지, 그녀는 좋은 성격이 필요하다.
55세부터 그녀는 현금이 필요하다.

소피 터커 가수

지방에 있는 직업훈련센터에서 강연할 기회가 자주 있습니다. 지방에 가보면 굉장히 다양한 형태로 사는 사람들이 많다는 점을 새삼 느낄 수 있습니다. 특히 여성들이 그렇습니다. 그 직업훈련센터에 모인 사람들은 실업 급여를 받으면서 컴퓨터 같은 교육 훈련을 받는 사람들이었습니다. 놀란 것은 그들 중 반은 전업주부였다가

10년 전을 사는 여자, 10년 후를 사는 여자

다시 일을 찾기 위해 움직이기 시작한 사람들이라는 점이었습니다. 그중에는 독신인 사람도 있고 이혼으로 싱글 맘이 된 사람도 있었습니다. 나이는 20대부터 40대까지 다양했습니다. 무엇보다 놀란 것은 학력과 경력의 차이도 매우 컸다는 점입니다. 국립대학을 졸업한 고학력자도 있었고 대기업에서 근무하던 이들도 있었습니다.

예전에 외국계 기업에서 사장 비서로 근무한 적이 있다던 한 여성은 이렇게 말했습니다.

"대기업은 물론이고 중소기업에서도 조건이 좋은 직장은 그만두는 사람이 거의 없어서 자리가 잘 나지 않아요. 겨우 찾았다 싶으면 사무직 1명 모집에 100명 가까운 사람이 몰릴 정도로 경쟁이 치열하지요. 그것도 대부분은 연줄이 있는 사람이 결정됩니다. 그런 게 아니면 아르바이트에 가까운 자리가 많아요. 그건 웬만하면 피하고 싶어요. 일이 고되어서가 아니라, 계속 최저 시급을 받으면서 시간을 보내야 하는 일을 하고 싶지 않거든요."

직업훈련센터에서 취업 상담을 담당하는 직원의 이야기에 의하면 독신 여성 중에서도 유학 경험자, 교사 자격증 소지자, 대학원 졸업자 등 유능한 여성들이 많은데, 그 능력을 활용할 곳이 정말 부족하다고 합니다. 게다가 지방의 경우에는 고학력과 화려한 경력이 장점으로 작용하지 않는 경우가 종종 있습니다.

예전에 개발 도상국에 학교를 설립하는 일을 하는 비정부 기구NGO에서 단순한 사무직을 구하는 구인 광고를 냈을 때의 일입니다. 사무실에 있으면서 전화를 받고 서류를 정리하는 일이었습니다. 비정부 기구가 해외에서 여러 가지 사업을 하기는 하지만, 조직을 뒷받침하는 사무직이라서 일 자체의 성격은 매우 단순했습니다. 이 일자리에 쓰이기는 아깝다고 생각되는 여성들이 많이 지원했습니다. 아마도 국제적인 일이고 사회에 공헌한다는 업무의 내용에 매력을 느낀 사람이 많았을 것입니다. 지원자 중에는 여성뿐만 아니라 부양해야 하는 가족이 있는 기혼 남성도 있었습니다.

그런데 그 비정부 기구에서는 가족을 부양할 만한 보수를 줄 수 없다는 이유로 기혼 남성들은 채용하지 않았습니다. 고학력인 사람도 낮은 조건에 불만을 품게 될 것이라고 예측해서 채용하지 않았지요. 독신이면서 혼자 사는 여성도 보수가 낮고 너무 단순한 업무라서 금방 싫증을 낼 수 있다는 우려로, 기혼이면서 아이가 없는 여성은 아이를 가지게 되어 그만둘 수도 있다는 이유로 채용하지 않았습니다.

'단순한 업무를 잘 소화하며 안정적으로 장기간 근무할 사람'이라는 기대에 들어맞는 사람은, 경력이 없고 학력이 낮아도 아직 결혼하기에는 나이가 어리고 부모님과 함께 사는 젊은 여성이거나, 혹은 아이가 중학생 이상으로 시간을 마음껏 쓸 수 있는 주부였습니다.

의외라고 생각되지 않습니까? 제가 많이 하는 말이지만, 회사의 입장에서 생각하면 어떤 사람을 구하는지 그 기준이 분명해집니다. 그런데 보통 우리는 다른 사람들과 경쟁할 때 더 '우위'에 있는 사람을 뽑을 거라고 착각하지요.

이 같은 사례는 사회 전체적으로 '학력과 능력' 그리고 '일할 수 있는 곳'이 서로 어긋나 있다는 것을 보여줍니다. 특히 여성은 결혼, 육아 등으로 라이프 스테이지^{life stage} (인간의 일생 중 나이를 먹으면서 생물학적·사회적으로 각각 특징지을 수 있는 여러 단계)가 변화합니다. 따라서 여성을 대상으로 하는 노동 시장에서는 이 같은 문제도 적극적으로 고려해야 합니다. 우리 사회에서 여성의 고학력화와 비정규직 고용 증가 현상이 동시에 진행된 것도 이러한 불균형의 원인으로 나타나고 있습니다.

사실 비정규직이라는 고용 방식에는 2가지 측면이 있었습니다. 우선 정규직으로 가기 전 단계라는 의미가 있었습니다. 또 하나는 임금이 낮고 장기적인 일자리가 아니라도 받아들일 수 있는 주부들의 노동력을 활용하기 위한 방안이었습니다. 그래서 예전에는

앞으로 10년, 어떤 위험이 기다리고 있는가

비정규직이라고 하면 경력이 없고 나이가 어린 사람들이나 대형 마트 같은 곳에서 일하는 주부들이 주 대상이었습니다.

그런데 경제가 불안해지면서 비정규직의 범위에 주부만이 아닌 젊은 여성이나 미혼 여성들도 함께 묶이게 되었지요. 결국 정사원 자리를 찾지 못한 사람들이 일하는 형태를 모두 일컫는 말이 되어 버렸습니다. 그래서 예전에는 비정규직으로 짧게 일하고 정직원이 되어 일하는 패턴이었다면, 이제는 비정규직으로 일하는 형태가 계속되면 오히려 정직원이 될 길은 점점 더 멀어져버리는 상황이 되어가고 있습니다.

게다가 국가가 정한 최저임금이 너무 낮고, 정직원과 비정규직의 격차가 심하기 때문에 체감하는 어려움은 더 큽니다. 이 같은 문제는 대대적인 정책의 전환이 이루어지지 않는 한 변하지 않을 것입니다.

하지만 그 안에서 우리는 인생을 살아야 합니다. 어쩔 수 없는 일입니다. 우리가 이 시대에 태어난 것은 잘못이 아니니까요. 바로 그렇기 때문에 포기할 일도 아닙니다. 자신을 어쩔 수 없는 세대라고 한정 지으면서 포기하지 마십시오. 그러면 정말 끝입니다. 능력을 펼칠 수단을 만들어야 합니다. 방법은 얼마든지 있으니까요. 능력이 있는 것과 그 능력을 활용할 수 있는 것은 별개의 문제입니다. 일부분은 일치할지도 모르지만, 기준이 전혀 다릅니다.

그러한 수단 중에서 제가 말씀드릴 수 있는 것은 바로 '세일즈 능력'입니다. 세일즈 능력이라고 해서 영업직에 어울리는 화술이나 적극적인 성격을 말하는 게 아닙니다. 제가 말하는 세일즈 능력은 자신의 가치를 높여 조금이라도 더 비싸게 파는 힘입니다. 그러면 이 능력은 어떻게 키울 수 있을까요? 다음 장에서 좀 더 자세하게 알아보겠습니다. ◇

앞으로 10년, 어떤 위험이 기다리고 있는가

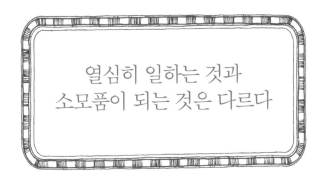

열심히 일하는 것과
소모품이 되는 것은 다르다

어떤 일에 대해 당신이 할 수 있는지 누군가가 물어보면 '당연하죠!'라고 답하라.
그런 다음에 어떻게 그 일을 해낼 수 있을지 부지런히 고민하라.

시어도어 루스벨트 대통령

우리 사회의 격차가 크고 일자리가 많이 부족하긴 하지만, 그렇다고 일이 없어진 것은 아닙니다. 인간이 살아 있는 이상 일정한 상품과 서비스는 꼭 필요하고, 이러한 일을 해야 하는 노동력은 언제나 필요합니다. 다만 절대적으로 '내가 원하는 일'이 없거나 노동에 비해 낮은 수준의 급여를 받게 될 가능성은 아주 큽니다.

문제는 현대사회로 가면서 임금 체계가 더 유연해지고 있다는 겁니다. 예전에는 회사에서 하라는 대로 따르기만 하면, 일하는 방법도 사회적 상식도 가르쳐주고 각자에게 맞는 일도 제공합니다. 그리고 임금이나 혜택도 알아서 챙겨주었습니다. 그러나 이제는 어떤 기업도 그렇지 않습니다. 심지어 업무도 자신이 먼저 적극적으로 찾아야 합니다. 회사에서 주어진 일이라는 건 남들이 하기 싫어하는 일일 가능성도 높습니다. 그래서 이제는 고용된 사람으로 일한다고 해도 '과연 이 일이 나에게 얼마나 도움이 되는 일인가'를 꼼꼼히 따져야 하는 시기가 되었습니다.

이제는 교육이나 성장의 기회를 얻는 것도 업무 조정도 모두 자기 책임입니다. 그래서 자신의 능력을 '돈 버는 능력'으로 바꿀 줄 아는 비즈니스 능력이 필요해졌습니다. '내가 이 일을 얼마나 시키는 대로 잘할 수 있을까? 얼마나 빨리 해낼 수 있을까? 얼마나 성실하게 해낼 수 있을까?' 같은 관점에서만 생각하면 안 됩니다. '내가 이 일을 통해서 얼마나 성과를 낼 수 있을까? 이 일은 회사의 입장에서 볼 때 얼마나 중요한 일일까?'와 같은 시각을 가져야 합니다. 그것이 내 몸값을 높이는 방법입니다.

한번 시각을 바꿔 고용자의 시점에서 생각해보기로 합시다. 고용자가 '고용하고 싶은 사람'은 크게 나눠 2가지 타입입니다.

1. 적은 보수로도 일을 잘하는 사람

2. 약간 높은 보수를 주더라도 질 높은 일을 해내는 사람

즉 '일을 많이 할지' 혹은 '질 높은 일을 할지' 둘 중 하나를 선택해야 합니다. 여기서 분명한 것은 편하면서 질 높은 일은 없다는 점입니다. 간혹 주위에 그렇게 인생을 사는 사람들을 보고 부러워할 수도 있습니다. 그러나 그것은 정말 '운'입니다. '운'은 사라지면 그만입니다. 그리고 억지로 내 것으로 만들 수도 없습니다. 우리가 고민해야 하는 것은 내 노력으로 할 수 있는 일이 무엇인지를 생각하는 겁니다.

우선, 편한 일만을 찾으면 질을 높이지 못하고 1의 상태에서 영원히 빠져나올 수 없을지도 모릅니다. 편한 직장에서 아무 생각 없이 지내다 보니 자신도 모르는 사이 세상에 이용당하고 있는 경우도 있습니다.

그렇다면 2의 '질 높은 일'을 하고 싶은가요? 그러려면 어떻게 해야 돈을 벌 수 있는지 생각해야만 합니다. 이건 프리랜서든 1인기업이든 대기업이든 모두 똑같습니다. 왜냐하면 세상이 변했기 때문입니다.

여러분의 소비 패턴을 한번 생각해보세요. 인터넷 쇼핑몰에서 옷

이나 구두를 구입하는 데 예전만큼 거부감이 없습니다. 공급자와 소비자의 중간 단계가 없는 것입니다. 심지어 전통적인 제조업만 봐도 그렇습니다. 예전에는 가전제품을 만들면 다양한 형태의 중간 판매상이 있었습니다. 그러나 이제는 그러한 중간 판매상들이 점점 사라지고 있습니다. 소비자들은 예전에 비해 빠르게 정보에 접근합니다. 따라서 이제는 상품을 만드는 사람들이, 상품을 파는 방법까지 함께 고민해야 하는 상황입니다.

대학만 봐도 이러한 현상이 가중되고 있습니다. 예전에는 각 과별로 전공 필수 수업이 강조되고, 원하든 원하지 않든 수강해야 하는 수업들이 꼭 있었습니다. 그렇게 자신의 전문성이 강제로 만들어지곤 했습니다. 그러나 이제는 필수 과목의 선택 범위가 굉장히 넓어졌습니다. 자신이 자기 전공 지식을 얻는 강의 스케줄을 스스로 설계해야 하는 시대가 되었습니다.

이제는 '저는 학교에서 이것밖에 못 배웠습니다'라거나 '저는 이런 상품밖에 만들 줄 모릅니다', '저는 이렇게 일하는 방법밖에 모릅니다' 같은 말이 더 이상 통용되지 않습니다. 이런 현상의 시비를 가리려는 마음은 일단 접어둡시다. 우리가 알아야 할 것은 자신의 가치를 스스로 만들어가는 시대가 되었다는 겁니다.

지금 만약 서른이 넘었다면, 그리고 적어도 사회생활을 몇 년 정도 했다면 이 말에 절절히 공감할 수 있을 것입니다. 그저 신입사원으로 들어와서 회사의 시스템에 잘 적응하는 것만으로 충분했는데, 어느 순간 회사의 시스템 자체가 수없이 바뀌고 있음을 느끼게 됩니다. 나는 그렇게 바뀌는 시스템을 이해하고 적응하기에 바쁜데, 어떤 이들은 시스템의 변화에도 불구하고 언제나 자신의 능력을 발휘하는 일을 맡아서 하고 있는 모습을 발견할 때가 있을 겁니다. 도대체 어떤 차이가 있는 걸까요?

우선 그 차이는 '자신의 가치'를 스스로 높게 여기는 태도에서 옵니다. 자신의 가치를 높게 여기라는 말을 잘못 이해해서 '내가 이 정도면 잘하고 있지'라고 생각하면 안 됩니다. 자신의 가치를 높게 여기는 사람들은 스스로에 대한 평가에 냉정합니다. 즉, 회사가 자신을 평가하기 전에 스스로 자신을 냉정하게 평가합니다. 이는 자신을 저평가하는 것과 다릅니다. 내가 가지고 있는 잠재력과 가치에 대해서 긍정하기 때문에, '내 잠재력을 충분히 발휘할 수 있는가', '내 가치에 대해 회사가 합당한 평가를 내리고 있는가'에 대해서 파악하고 있다는 것입니다. 이런 사람들은 타인의 칭찬이나 인정에 대해서도 무작정 좋아하지 않습니다. 과연 근거 있는 평가인지 파악하고, 그 평가에 가깝게 가려고 노력합니다.

자신을 어필하는 능력의 차이로 강자와 약자가 나뉜다고 주장하는 사람들도 많습니다. 그러나 그렇지 않습니다. 지금 시대에 자기 PR이 중요한 건 사실입니다. 하지만 그렇기 때문에 더욱더 자기 내용이 없으면서 어필만 하는 이들은 금방 실력이 들통 납니다. 오히려 예전에 비해서 그런 능력 자체로 타인을 속일 수 있는 가능성은 줄어들고 있습니다. 그래서 남에게 어필하는 능력이 아니라, 자기만의 가치를 발견하고 그것을 높게 생각하는 태도를 가진 이들이 장기적으로 볼 때는 분명히 성공합니다. 그리고 자신의 가치에 맞는 조건을 당당하게 요구합니다. 그것이 평가든 중요한 프로젝트를 수행할 기회든 보수든 말입니다. 이것이 제가 말하는 세일즈 능력입니다.

또한 질 높은 일을 해내는 사람들은 돈을 버는 방법에 대해 다양하게 생각할 줄 아는 능력이 있습니다. 나이가 어릴 때는 '칭찬받을' 방법에 대해서만 주로 생각합니다. 상대방의 요구에 맞추고, 상사의 명령에 맞추고, 회사의 기준에 맞추어 일을 합니다. 여성들의 경우 그 경향은 더 심하지요. 그래서 상대가 달라지면 어떻게 해야 할지 몰라서 우왕좌왕합니다.

그러나 10년 후를 내다볼 줄 아는 사람은, '내가 하고 있는 일이 장기적으로 어떤 수익을 내느냐'를 반드시 생각합니다. 이에 더하여 돈을 버는 방법에 대해서도 다양하게 생각합니다. 누구나 돈을 벌고 싶어 하지요. 그런데 돈을 버는 방법에 대해서는 매우 단순하게 생각합니다. 내 사업을 하거나, 혹은 연봉이 높은 회사에 들어가거나. 그런데 돈을 번다는 것의 의미를 '내 손에 돈을 쥔다'로만 생각할 게 아닙니다. 지금 하고 있는 일이 과거보다 더 이익을 내도록 만드는 것입니다. 그렇게 생각한다면 돈을 버는 방법은 더 다양해질 수 있습니다.

예를 들어, 내가 가지고 있는 능력에 비해 내가 맡은 일이 수익을 내지 못하고 있다면 당장 행동을 바꿔야 합니다. 능력을 최대한 발휘해서 수익을 내는 방안을 만들어내야 합니다. 일의 양을 늘릴 수도 있고, 아이디어를 내서 새로운 시도를 해볼 수도 있습니다. 해오던 방법이 아니라 새로운 방법을 고민하고 시도할 줄 알아야 합니다. 그것이 세일즈 능력입니다. 그렇게 되면 내가 하는 일의 질 자체가 높아지고 보수도 같이 오를 것입니다.

마지막으로 세일즈 능력의 기본은 '필요로 하는 사람에게 필요한 것을 제공하기'입니다. 인생이 길어지고 있습니다. 여태껏 기업가를 꿈꾸지 않았던 이들이라 하더라도, 창업에 대해서 고민하게 됩니다. 창업의 규모, 업종, 판매 방법 등도 매우 다양해졌습니다. 그리고 전혀 '장사'라고 생각되지 않던 일들도 창업의 영역으로 들어오고 있습니다. 다양한 서비스업, 다양한 사무직, 다양한 사회적 활동이 작은 기업의 형태로 많이 변화하고 있습니다.

이것은 불안정한 사회에서 우리가 가질 수 있는 기회이기도 합니다. 그러면 어떤 사람들이 이 기회를 잡게 되는 것일까요? '내가 좋아하는 것', '내가 잘할 수 있는 것'을 찾는 게 아닙니다. 사람들이 무엇을 필요로 하는지 파악하는 눈을 가진 사람이 그 기회를 발견합니다. 그리고 그것을 만들고 제공할 줄 아는 사람들이 성공합니다.

이 일이 쉽지는 않겠지요. 그렇다고 포기하지 마세요. 만약 자신이 팔고 싶은 것을 만들어내는 데 힘이 든다면, 그 일을 해줄 수 있는 사람을 찾으면 됩니다. '나는 이것만 할 수 있어', '나는 이런 일은 못해'라며 포기하면 안 됩니다. 남성들은 너무 쉽게 남들과 동업해서 문제지만, 여성들은 처음부터 끝까지 자기 손으로만 하려는 경향 때문에 오히려 기회를 놓치는 경우가 많습니다. 대인 관계에 조심스럽기 때문입니다. 그러나 사람과의 관계는 기본적으로 나의 필요에 달려 있습니다. 사람을 보지 말고, 나에게 필요한 일을 수행할 수 있는 사람인가 판단해보세요. 그러면 의외로 대인 관계도 매우 편안해질 것입니다.

이러한 세일즈 능력을 갖고 있으면, 자신이 하고 있는 일의 변화 가능성도 발견할 수 있습니다. '아, 저런 일이 세상에 필요한데, 이 분야에 사람이 없네. 나는 할 수 있는데' 하고 인재가 부족한 업계에 주목할 수도 있습니다. '지금 하고 있는 일이 반응이 좋은데, 일의 양을 더 늘리면 더 큰 성과를 얻겠어' 하고 일이 많은 곳으로 이동하는 방법도 있습니다. 이렇게 자신 안에서 판매 능력, 판매 장소, 판매 방법을 바꿔주면 상품의 가치는 변합니다. 아무것도 하지 않고 간단히 포기해서는 안 됩니다.

1인 기업의 시대라고 합니다. 그것은 꼭 혼자 일하는 사람들이 많아지고 작은 규모의 기업이 는다는 의미만은 아닙니다. 다양한 방법을 총동원해 상대의 위치에서 생각하고 상대가 기뻐해줄 일을 고민하면서, 자신이 지닌 많은 '자원' 중에서 자신이 할 수 있는 것을 제공하는 일이 바로 자신을 파는 '1인 기업'이라고 생각합니다.

세분화된 세상, 눈이 돌아갈 정도로 빠르게 변화하는 사회에서는 다양한 요구가 발생합니다. 전문성보다도 다양성, 힘보다도 지혜가 무기가 되는 세상이지요. 지혜가 없다면 지혜를 갖춘 사람에게 물으면 됩니다. 비즈니스 능력이란 연대 능력이기도 합니다. 자신이 할 수 있는 일은 멀리 있지 않습니다. 바로 발밑에 놓여 있습니다.

이렇게 하여 회사 내에서 공헌을 인정받아 필요한 인재로 인식되기만 한다면, 발언하기도 쉽고 영향력도 커집니다. 여성의 경우

122

10년 전을 사는 여자, 10년 후를 사는 여자

에 출산과 육아 등으로 장기 휴가를 쓰고 싶을 때도, 이미 높은 평가를 받는 사람이라면 회사로부터 다시 돌아오길 바란다는 소리를 들을 수 있어 복직이 쉬워집니다.

나를 판다는 것에 대해 거부반응을 느낄 필요는 없습니다. 사람들은 누구나 자신의 노동을 파는 대가로 인생을 살고 있습니다. 그러니 급하다고 지금 당장 나를 세상에 싸게 팔아넘기거나, 잠깐 팔고 말면 안 됩니다. 나를 둘러싼 온갖 세계와 나 자신이, 고객과 주인으로서 서로 돕는 신뢰 관계를 만들어나가야 합니다. ◦

123

저소득이어도 좋다는
생각은 버려라

중년이 되면 그보다 더 나이를 먹는다는 사실에 놀라게 된다.

도리스 데이 가수

10년 후를 볼 줄 아는 사람들은 '자기다운 모습'보다 '자신의 가능성'을 보며, '하고 싶은 일'보다 '할 수 있는 일'을 추구한다고 말했습니다. 자기다운 모습을 고수하는 것이, 과거의 자신에 묶여 있는 일은 아닌지 의심해보라고 말했습니다. 10년 전의 나의 모습을 본래의 자기 모습으로 착각하면 안 됩니다.

특히 이러한 성향은 성격이나 소질, 적성의 문제가 아니라 라이프 스타일에도 영향을 미칩니다. 30대가 되면 30대의 라이프 스타일을 살아야 합니다. 나이에 맞추어 살라는 말이 아닙니다. 20대에는 아무 옷이나 입어도 생기 있어 보이지만, 나이가 들면 그렇지 않습니다. 그러면 어떻게 해야 할까요? 자기를 가꿀 수 있는 경제적 능력을 가지고 있어야 합니다.

얼마 전 일본의 한 방송에서 가난으로부터 굳이 벗어날 생각을 하지 않고 생활하는 '빈곤 여성'에 대해 다루어 큰 화제가 되었습니다. 방송에 나온 여성들은 영어 회화 능력이 매우 뛰어나거나, 조리사 자격증이 있거나, 혹은 직장에서 인정을 받고 있는데도, 자신이 하고 싶은 일만 하면서 게스트하우스의 한 칸짜리 작은 방에서 살고 있었습니다. 자전거로 식료품이 싼 가게를 찾아다니고 옷은 누군가에게 얻거나 구제를 이용했습니다. "그래도 충분히 행복해!"라고 자랑스럽게 살아가는 여성들이었습니다. 회사의 노예가 되어 자신의 행복을 방해받기보다는 가난한 삶이 더 낫다는 자세입니다.

그녀들의 바람은 세상의 경제적 가치관에 휘둘리지 않고 나만의 생활을 중시하면서 '자기다운 모습으로 살고 싶다'는 것이었습니다. 이렇게 최소한의 생활을 원하는 세대를 '미니멈 라이프 세대'라 부릅니다. 객관적인 측면에서 본 그녀들의 특징은 다음과 같았습니다.

앞으로 10년, 어떤 위험이 기다리고 있는가

1. 취업 빙하기 혹은 세계 경제 불황을 체험했다.
2. 일은 적당히 하면서 일상의 행복과 취미의 즐거움을 좇는다.
3. 소비를 줄이고 조금이라도 저축하는 건실한 생활을 지향한다.
4. '같은 취향'의 사람들과만 교류하며 서로 정보를 나눈다.
5. 악착스럽게 일하는 것과 같은 고통스러운 경험을 싫어한다.

이들은 꿈과 목표를 좇아 사회와 싸우고 소비를 미덕으로 여겼던 베이비 붐 세대나 거품경제 세대와는 아주 대조적인 가치관을 지니고 있습니다.

제 주변에도 "회사에 매여서 괴롭게 살고 싶지 않아", "정직원이 되어 승진 같은 걸 고민하고 싶지 않아"라며 자유로운 형태의 일을 하면서 사는 20대 여성들이 있습니다. 그녀들은 저녁의 여유로움을 중요하게 여기며 휴일은 친구들과 함께 여행을 가고 파티를 여는 등의 생활을 하고 있습니다. 일에 치여 사는 여성들과 비교하면 행복해 보이고 더 현명해 보일지도 모릅니다.

하지만 저는 역시 그들이 '아깝다'는 생각이 듭니다. 자신의 삶에 만족하는 것과 자신의 가능성을 닫아버리는 것은 다릅니다. 일을 원하지 않으면 자신의 가능성을 잘 모를 수 있습니다. 자신에게 올 수 있는 기회를 스스로 닫는 것이지요.

이렇게 이야기하는 이유는 아무리 노동 강도가 강하지 않다 하더라도, 그들도 이미 일을 하면서 살고 있기 때문입니다. 집안이 경제적으로 매우 풍요로운 경우가 아니라면 보통 사람들은 어차피 3분의 1 이상의 시간을 일하는 데 써야 합니다. 그런데 "즐겁게 살면 되지"라고 말하며 최소로 필요한 만큼만 일하겠다는 것은 정말 아까운 일입니다. 일과 생활을 동시에 추구할 방법도 분명 있을 겁니다.

20대에는 미니멈하게 살 수 있습니다. 자신을 잘 챙기는 것만으로 충분합니다. 그러나 인생에는 언제 어떤 일이 닥칠지 모릅니다. 그리고 뒤늦게 결혼을 하거나 아이를 가지게 될 수도 있습니다. 혹은 가족들 중 누가 아파서 큰 돈이 필요하게 될 수도 있습니다. 그때가 되면 '나 자신만 지킬 수 있으면 그만'이라는 생각으로 넘길 수 없는 상황이 되어버립니다.

애초부터 돈을 버는 것에 큰 욕심을 안 가지면, 업무 능력을 쌓을 수가 없습니다. 그렇게 되면 저수입은 만성화됩니다. 이러한 생활을 선택하는 이들이 여성들만 있는 것은 아닙니다. 오늘날 많은 독신 남성들도 이와 같은 라이프 스타일을 추구하고 있습니다.

물론 돈으로 행복해지지는 않지만, 돈이 원인이 되어 행복이 망

가지는 일은 많이 있습니다. 돈이 너무 많아서 가족이 다투는 것도 곤란하지만, 돈이 없어서 싸움이 생기고 초조해하는 일은 사람을 참으로 초라하게 만듭니다.

'원하는 일을 하면서 살 거야', '좋아하는 일을 하고 싶어'라는 자기 스타일을 추구하면 할수록 경제 활동으로부터는 점점 멀어져 갑니다. 예를 들어 '음악가가 되고 싶어', '카페를 만들고 싶어', '여행 작가가 되고 싶어'라며 '좋아하는 것'을 추구하더라도 그것이 전부 비즈니스가 될 수 있는 것은 아닙니다.

물론 좋아하는 일이 돈을 많이 벌 수도 있는 일이라면 문제가 안 되겠지요. 그리고 영리한 사람들은 이미 그런 일들을 하면서도 수입을 꼼꼼히 챙기고 있습니다. 그리고 좋아하는 일로 끝내지 않고 장기적으로 큰 수입을 벌어들이기 위해서 엄청난 양의 일을 하기도 합니다. 이렇게 원하는 일을 하면서 돈도 어느 정도 벌어야 한다면 '어떻게 해야 돈을 벌 수 있을까?'라는 전략과 남들보다 더 월등한 노력이 필요합니다. 좋아하는 일로 결실을 보는 사람은 뛰어난 재능을 가진 아주 한정된 소수이거나 온 힘을 기울여 몰두한 사람들입니다.

'좋아하는 일'이 직업이 될 수 있는 것은 아닙니다. 속상할 수 있는 말이지만, 현실입니다. 직업적인 일이란 오히려 다른 사람이 이

득을 보고 좋아할 수 있도록 만드는 것입니다. 결과적으로는 무엇보다도 나 자신을 위한 것이기도 합니다. 열심히 하다 보면 결과적으로 성과를 얻게 되고, 그 일이 이전보다 더 좋아지기도 합니다. 좋아하는 마음은 오히려 작은 성공과 인정이 쌓이면 생겨나는 것입니다.

많은 이들이 "좋아하는 일도 하고 돈도 벌 수 있으면 좋겠어요"라고 말합니다. 그리고 그렇게 사는 이들을 보면 매우 부러워합니다. 그러나 원래부터 엄청난 재능이 있었던 이들도 있지만, 의외로 지금 하고 있는 일이 처음부터 좋아하는 일은 아니었던 경우도 많습니다. 다만 우연히 '할 수 있는' 작은 일을 찾아내서 조금씩 일의 폭을 넓혀갔던 결과로 재능도 만들어진 것입니다. 그들은 재능이 없다는 점을 충분히 자각하고 있어서 일을 가리지 않았습니다. 그리고 그 일하는 시간이 쌓인 것입니다. 주어진 일을 무조건 정성을 다해 완성하는 것밖에 능력이 없었다는 표현이 더 정확하겠네요. 그렇게 성공한 이들을 보면 '고통'과 '괴로움' 같은 마이너스 감정에 빠지는 때가 훨씬 더 많았다고 고백합니다.

하지만 어떤 일이라도 열심히 하다 보면 점점 더 흥미가 생기고 일에 대한 애정도 생깁니다. '좋아하는 일'이라는 생각은, 일에 대한 성과를 얻으면 나중에 따라옵니다. 일은 해보지 않으면 알 수 없습

앞으로 10년, 어떤 위험이 기다리고 있는가

니다. 확실히 자신에게 적합한 일과 그렇지 못한 일도 있긴 합니다. 하지만 인내심을 갖고 끈질기게 버티면 좋은 결과를 얻기 시작하는 일도 있습니다.

원래 '자기다운 모습'이나 '좋아하는 일'이란, 말로 정확히 표현할 수 있는 것은 아니라고 생각합니다. 나이를 아무리 먹어도 '자아 찾기'에 여념이 없는 사람이 있습니다. 하지만 자신이 무엇을 할 수 있는지를 모르면 아무리 애써도 진정한 '자아 찾기'는 이룰 수 없습니다.

자신의 삶의 방식과 지향점은 뜻밖의 상황에서 변화하며, 자신의 능력 역시 생각지도 못한 방향으로 변화해갑니다. 그 과정에서 자신의 신조와 감정에 정직하기만 하면 됩니다. 기존의 가치를 고수하는 것이 자기다움은 아닙니다. 오히려 과거로부터 지금까지 얼마나 변해왔는지, 그 폭과 정도가 어느 정도인지, 어떤 색깔이었는지가 '그 사람다움'이라고 불릴 수 있을 것입니다. ◇

10년 전을 사는 여자, 10년 후를 사는 여자

4장
평범한 이들이 길게 살아남는 방법

저는 여성들이 조직에 대해 '감정적인 거리 두기'를 잘하기 바랍니다.
냉소적인 태도를 가지라는 말이 아니라,
자신에게 필요한 것에 집중하세요.
일은 어디까지나 우리가 살아가기 위한 수단입니다.
목적이 아닙니다.
따라서 회사나 조직에 대해 과도한 긍정도, 부정도 가질 필요가 없습니다.

누구와 같이 있는지를
언제나 생각하라

우아한 자태를 갖고 싶다면, 네 자신이 혼자 걷고 있지 않음을 명심하며 걸어라.

오드리 헵번 배우

인생은 노력과 방법에 따라 여러 가능성이 열립니다. 하지만 '누구
나 열심히 하면 고수입을 얻을 수 있다'는 사기꾼 같은 이야기를
할 생각은 없습니다. 전반적으로 수입이 줄어든 것은 사실입니다.
일본의 경우 최근 10년 동안 평균 연 수입은 50만 엔 정도 낮아졌
으며, 특히 리먼 쇼크가 터진 2009년 이후로는 낮은 수준이 계속

평범한 이들이 길게 살아남는 방법

되고 있습니다. 이것은 일본 전체의 커다란 흐름이며, 회사에서 혼자 아무리 열심히 일한다고 해도 자신만 월등히 높은 월급을 받기는 어렵습니다.

월급은 줄었는데 일은 늘어만 간다는 실감이 들지도 모릅니다. 그것은 그것대로 어쩔 수 없는 면이 있습니다. 그 회사에 남는 게 최선이라고 생각한다면, 일하는 법을 개선하거나 노사 협상을 하면서 조금이라도 나아질 길을 모색하는 수밖에 없습니다.

이런 상태가 언제까지 계속될지, 더 악화될지, 나아질지는 모릅니다. 그 시간을 지나는 동안 우리가 견디기 위해서는 보수 외의 또 다른 혜택에 대해 더욱 고민해야 합니다.

"우리 회사는 월급은 적지만 모두 좋은 사람들만 있어", "일하는 보람이 있는 곳이야", "고객과 만나는 것이 즐거워"와 같은 이야기를 하면서 즐겁게 일하는 사람이 있습니다. 인간관계의 편안함, 일의 즐거움, 보람, 성취감, 배움과 성장 등 또 다른 혜택이 있기 때문에 만족하는 것이지요. 이러한 부분이 중요합니다. 그래야 균형감이 생겨서 '노동 착취'라는 생각이 들지 않습니다.

그중에도 우리는 일을 통해 자신의 존재 가치를 인정받는 '쾌감'을 원한다고 생각합니다. 이 쾌감은 누군가 자신을 필요로 하고, 자신이 '도움'이 되며, 자신이 하는 일을 기뻐해줄 때 얻을 수 있는

10년 전을 사는 여자, 10년 후를 사는 여자

감정입니다. '상대'가 없이는 얻을 수 없는 만족감이지요. 이렇게 사회와 인간과의 관계 속에서 자신이 설 자리를 찾으면, 일을 해야 한다는 강박감이 일을 하고 싶다는 의지로 바뀝니다. 그리고 일을 완벽하게 하기 위한 노력과 성장해가기 위한 과정에서도 적극성을 띠게 됩니다. 우리는 살아가는 것만으로도 아주 멋진 존재이지만, 타인에게 인정받으면서 자신의 존재 가치를 확인해나갑니다.

오해하지 않기 바라며 감히 말하자면, 우리는 대부분이 일회용 노동자입니다. 그리고 사회 전체에 얽혀 있는 톱니바퀴와 같은 존재입니다. 누구 하나가 없으면 다른 누군가가 곤란해지고 마는 톱니바퀴 역할을 한다는 뜻입니다. 그렇다면 '어차피 나는 작은 톱니바퀴일 뿐이야'라는 자세로 일하는 사람보다 '기왕이면 단단한 톱니바퀴가 되자'라는 자세로 일하는 사람이 훨씬 더 균형감 있는 인생을 살 수 있겠지요. 사람들과 잘 어울리지 못하면 '불필요한 톱니바퀴'가 되고, 반대로 별다른 자기주장도 없고 크게 눈에 띄지 않아도 부드럽게 어우러져 주위에 좋은 영향을 준다면 '없어서는 안 되는 톱니바퀴'가 됩니다.

그런데 누구나 인간관계가 좋을 수는 없지요. 저는 대인 관계가 좋은 사람이 되어야 한다는 말을 하는 게 아닙니다. 중요한 것은 내 일이 다른 사람의 일과 관련되어 있음을 알아야 한다는 겁니다.

평범한 이들이 길게 살아남는 방법

그래야 자신도 살 수 있습니다.

멀리 보는 사람들은 지금 자기와 함께 일하는 동료나 후배에게 가장 잘 대해줍니다. 내가 지금은 나이가 어리지만 언젠가 성장하듯이, 그들도 지금은 나와 비슷한 레벨이지만 시간이 지나면서 중요한 역할을 맡게 될 가능성이 높으니까요.

그리고 만약 지금 있는 곳에서 잘 지내지 못하고 있다면 반드시 나를 원하는 곳을 찾을 수 있다는 희망을 가져야 합니다. 저도 신출내기 프리랜서 기고가 시절에 여러 곳에서 타박을 받으며 '나는 이 정도밖에 할 수 없구나' 하고 낙담했던 적이 있습니다. 하지만 '지금은 톱니바퀴가 맞지 않을 뿐이야. 언젠가 반드시 나를 원하는 곳을 찾을 수 있을 거야'라는 희망은 마음 한구석에 늘 있었습니다. 어쩌면 '누구에게도 인정받지 못하고 나를 원하는 곳도 없다'고 인정한다는 건 지금 하는 일을 포기해야 할 정도로 두려운 일이며, 자신을 무너뜨리는 일이라고 생각했던 것 같습니다.

인정받지 못하면 인정받기 위해 다양한 방법을 생각해야 합니다. 업무 기술이나 사람을 대하는 방법 등의 능력을 쌓다 보면 언젠가 기회를 붙잡을 수 있습니다. 지금도 제가 톱니바퀴 중 하나라는 생각에는 변함이 없습니다. 혼자서 할 수 있는 일이란 없으니까요. 필요한 톱니바퀴로 계속 남으려면 스스로 진화를 계속하고 성심을 다해 일하는 것 이외에는 길이 없습니다.

　자신은 변하지 않더라도 주위가 변화해서 어느 날 갑자기 마음에 드는 일터를 얻을 수도 있습니다. 누군가가 이런 이야기를 했습니다. "인간은 자기 역할을 찾으면 강해집니다." 사회 속에서 나도 할 수 있는 일이 있다는 기쁨은 살아가기 위한 큰 원동력이 됩니다. ◇

평범한 이들이 길게 살아남는 방법

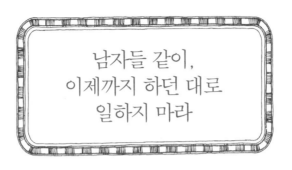

남자들 같이,
이제까지 하던 대로
일하지 마라

무엇인가 싫다면 바꿔라. 그럴 수 없다면 당신의 태도를 바꿔라.

마야 안젤루 시인

2012년 세계경제포럼[WEF]에서는 세계 성[性] 격차 지수[GGI] 보고서를 발표했습니다. 경제 참여와 기회, 교육적 성취, 정치적 권한, 건강과 생존 등 4가지 기준에 대한 남녀 격차를 평가한 국가별 순위입니다.

일본은 135개국 중 101위, 선진국 중 최저 수준입니다. 여성의 교육 수준이나 건강 수명으로는 1위지만, 국회의원이나 관리직이 된 사람은 1퍼센트 이하입니다. 여성들의 정치적 권한, 급여 평등, 근로 소득도 최저 수준입니다. 지금까지 몇 번이고 이 보고서를 통해서 여성의 능력을 활용하지 못하고 있다는 지적을 받았습니다(2012년 한국의 남녀 격차는 108위, 2013년은 111위이다—옮긴이).

더불어 1위는 아이슬란드, 2위는 핀란드, 3위는 노르웨이입니다. 노르웨이는 법률상 기업에서 여성 임원을 40퍼센트 이상 선출해야 한다는 '쿼터제'를 도입하고 있습니다. 이전에 노르웨이 정부 대변인이 텔레비전 인터뷰에서 했던 말이 인상에 남았습니다.

"남녀 대학 진학률은 거의 같아서, 남녀에게 같은 세금을 투자하고 있습니다(노르웨이에서는 대학 학비가 무료). 여성을 활용하지 않는 것은 투자에 걸맞은 반환금(세금)을 회수하지 못하는 것과 같습니다."

세계의 모든 나라에서 여성은 남성과 동등한 교육을 받듯이, 남성과 동등한 경제활동을 목표로 합니다. 하지만 일본의 경우 여성은 주로 일반 사무직, 임시직, 전업주부가 되는 일이 많습니다. 남성과 선을 그어 구분하는, 세계에서도 드문 국가입니다. 여성의 평균 연봉은 남성의 약 60퍼센트입니다(한국은 2013년 12월, 1,562개 상장 기업의 임직원 정보를 분석한 결과, 남성의 평균 연봉이 여성의 1.8배이다—옮긴이).

세계 여러 나라 여성의 경제활동을 살펴보면, 여성 관리직의 비

평범한 이들이 길게 살아남는 방법

율이 국가의 경제 수준과 비례하는 것은 아닙니다. 예를 들어 필리핀과 피지는 50퍼센트, 몽골은 40퍼센트, 브라질과 우간다는 30퍼센트를 넘습니다. 타이완도 30퍼센트가 넘는다고 합니다. 타이완에 실제로 가보면 정부의 중앙 조직이나 대학의 관리직은 남성보다 여성이 많다는 것을 실감할 수 있습니다.

타이완 친구에게 "왜 공무원 중에 여성 관리직이 많은 거야?"라고 물었습니다. "그거야 당연하지, 여성이 공부를 잘하니까. 공무원은 진급 시험만으로 관리직이 될 수 있으니까 당연히 많은 거야"라고 대답을 해주더군요. 따라서 교사나 공무원과 같은 분야에서는 여성들의 과중 현상이 나타나고 있지요.

그러나 모든 여성들이 그와 같은 분야의 일만 하고 싶어 하는 것은 아닙니다. 적성에 맞지도 않고 잘하지도 않는 일인데, 안정적이고 상대적으로 차별이 덜하다고 공무원이 되는 데만 몰입하는 건 개인은 물론 전 사회적으로 좋은 일이 아닙니다.

저는 무엇보다 일반 기업, 특히 정치 분야에서 여성들의 활약이 두드러져야 한다고 봅니다. 아직 일반 기업의 경영진은 99퍼센트가 남성입니다. 그리고 그들 아내의 대부분이 전업주부이지요. 예전에는 '전업주부인 아내가 가정을 책임지고, 남성은 밖에서 열심히 일한다'는 것이 성공의 기준이었습니다. 관리직이 되려면 장시간 근무에 전근도 가야 하고 밤늦은 접대 영업도 해야 한다는 암묵적인 생각들이 걸림돌로 작용합니다. 이런 점에서 여성이 불리한 것은 사실입니다.

문제는 여성도 이와 같은 남성 중심의 사고방식에 연연하고 있다는 점입니다. 그래서 승진을 목표로 하는 여성은 "이래서 여자는……" 같은 말을 듣고 싶지 않아 무리해서 애쓰다 나가떨어진 사람도 적지 않습니다. 남성의 패턴에 맞춰 일하다 보면 '남자같이 변한 것 같다'는 생각이 들거나 '전업주부가 부럽다'는 한탄이 나오기도 합니다.

그러나 남성을 위해 만들어진 일터에서 남성과 같은 행동 패턴으로 일하는 동안에 말투나 태도 모습까지 남성화하거나 성격까지 바뀌면 안 됩니다. 그 이유는 다음과 같습니다.

첫째, 남성과 같은 방법으로 성공할 수 있는 시대는 가고 있습니다.

남성들의 문화도 점점 부드러워지고 있고, 육아나 가사에 대해서도 남녀의 역할이 동등하게 요구되고 있습니다. 오히려 사회적인 분위기가 이렇게 바뀔 때, 조직의 리더들이 새로운 모습을 보여주기를 많이 요구받습니다. 그런 요구를 기회로 삼아야 합니다. 그런데 반대로 과거의 남성적 질서를 받아들이고 쫓아가려고 했다가는 낡은 사람이 되기 쉽습니다.

평범한 이들이 길게 살아남는 방법

둘째, 무엇보다도 여성은 훗날 자신이 후배 여성들의 모범이 되어야 한다고 생각해야 합니다.

많은 여성들이 이런 말을 합니다. "사회에서 만난 여성들 중에 모델로 삼을 만한 사람이 없다." 성공한 여성이 없다는 말이 아닙니다. 저렇게 해서 성공해야 한다면, 나는 똑같이 하지 않겠다는 말입니다. 언제나 일에 온 힘과 정성을 쏟고, 자신을 가꾸는 데 소홀하고, 점심은 늘 편의점 삼각김밥과 영양제로 때우고, 심지어 남성 상사 못지않게 권위적인 여성 선배나 상사를 누가 좋아하겠습니까? 게다가 이제는 아래로부터의 지지를 이끌어내는 리더십이 점점 중요해지고 있습니다. 후배들이 이런 선배들을 보면서 지레 겁을 먹거나 '여자는 일보다는 돈 잘 버는 남자를 만나서 전업주부가 되는 편이 현명할지도 몰라'라며 시대에 역행하는 생각을 하게 만들면 안 됩니다.

여성이 사회에서 일하기에 불리한 조건은 분명히 존재합니다. 그렇다면 그런 구태의연한 사회에 어떻게 맞서야 좋을까요? 우선 사회구조가 원하는 대로 '남성과 똑같이' 일하려고 해서는 절대 안 됩니다. 한때 서점에 가면 '남성처럼' 일해서 승리한 여성들에 대한 자기 계발서가 많았습니다. 이런 책들은 한순간의 유행일 뿐입니다. 자신만의 방법을 아직 못 찾은 사람들이 불안하니까 손에 집어든 책일 뿐입니다. 멀리 보는 사람은 목적이 같으면서도 방법은 얼마든지 다양하게 생각해냅니다.

사회에서 남성과 경쟁할 때도 마찬가지입니다. 남성과 맞서지 말고 자기편으로 만드는 게 어떨까요? 남성을 존중하면서도 자신이 잘할 수 있는 부분에서 승부를 걸 수도 있습니다. 남성은 여성이 강하게 맞서려고 하면 지고 싶지 않다는 역학이 발동하여 정색하고 화내며 덤비려고 합니다. 그게 두려워서가 아니라, 그런 일에 에너지를 낭비할 필요가 없습니다. '남성과 똑같이 해야 하는 일', '여성이라서 할 수 있는 일', 이러한 생각에서 벗어나보세요. 그것보다는 '자신이라서 할 수 있는 일'이 반드시 있을 것입니다.

자신이 지닌 힘과 지혜를 사용해서 다른 이로 하여금 여러분이 뛰어나다는 생각이 들게 할 수 있다면, 기회는 자연스럽게 굴러옵니다. 남녀 상관없이 능력 있는 사람에게 일을 맡긴다는 방침을 가진 회사는 실제로 많습니다. 세상은 지금까지 없던 아이디어나 능력을 원하고 있습니다. 기업은 자신의 이익에 공헌할 사람이라면 누구라도 좋다고 생각합니다. 자신보다 일을 잘하는 여성 동기를 좋게 생각하지 않는 남성도 있지만, 그것까지 신경 쓸 필요는 없습니다. ◇

평범한 이들이 길게 살아남는 방법

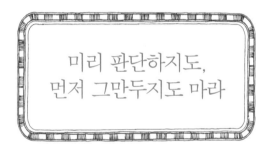

미리 판단하지도,
먼저 그만두지도 마라

인생은 자전거를 타는 것과 같다. 계속 페달을 밟는 한 넘어질 염려가 없다.

클라우드 페페 정치가

3년 전, 32세의 N씨는 IT 관련 벤처기업에서 근무한 지 10년 만에
기획영업부장이 되었습니다. 결혼한 후에도 늦게까지 잔업을 해야
하는 날이 이어졌지요. 계속 중요한 프로젝트가 생기고 그때마다
'아기는 이 프로젝트가 끝나면 가져야지' 하면서 출산 계획을 미
뤄왔다고 합니다. 그러다 생각지도 않게 임신을 했습니다. 출산을

10년 전을 사는 여자, 10년 후를 사는 여자

위해 잠시 휴직했다가 몇 개월 뒤에 복귀했지만, 평사원으로 직책이 떨어지고 연봉도 줄었다고 합니다.

"분했지요. 출산 전처럼 일할 수 없을 것이라는 이유로 직급이 평사원으로 떨어졌으니까요. 제가 지금까지 해온 일은 무엇이었을까요? 이해할 수 없었습니다. 하지만 아이를 낳은 것은 정말 잘했다고 생각합니다. 아이가 이렇게 사랑스러울 줄 정말 몰랐어요. 그때 계속 일을 고집했다면 아이를 낳을 기회를 놓쳤을지도 모르지요."

그 후 N씨는 퇴직해서 창업 준비를 하고 있습니다. 지금까지 회사를 크게 발전시킨 경험을 앞으로 잘 살려나갈 것이라고 생각합니다.

이렇게 출산과 육아로 승진을 못 하거나 직급마저 떨어진 여성이 있는가 하면, 처음부터 아이를 낳으면 어차피 그만둬야 하니까 경력을 쌓는 일은 포기하겠다는 여성도 있습니다. 20대 후반부터 30대 초반은 결혼과 출산의 시기와 경력을 쌓아갈 시기가 딱 겹치기 때문에 생기는 현상입니다.

그중에는 일찍 출산하고 30대부터는 마음껏 일하는 여성도 있고, 반대로 30대까지는 경력을 쌓아서 사내 입지를 강고하게 굳힌 다음 30대 후반에서 40대 사이에 출산을 하고 당당히 복귀한 여성도 있습니다. 직업을 가지고 있는 많은 여성들이 이 둘 중에서 어

평범한 이들이 길게 살아남는 방법

느 경우가 더 좋은지 묻습니다. 하지만 2가지 모두 결과적으로 잘 풀린 경우일 뿐 계획한 것은 아니라고 생각합니다.

현실에서는 대부분의 여성들이 출산과 육아에 직면했을 때, '양립과 퇴직'을 놓고 고민합니다. 그리고 결국 일하는 여성의 60퍼센트는 출산을 한 뒤 양립은 어렵다며 스스로 그만두는 것이 현실입니다. 여성의 평균 근속 연수는 대학 졸업자와 대학원 졸업자가 6.1년(고등학교 졸업자는 9.7년)으로 퇴직 이유 중 가장 많은 것이 '결혼과 육아'입니다(한국은 2008년 고용 형태별 근로 실태 조사에 따르면 여성 근로자의 평균 근속 연수가 4.1년이다. 또한 통계청 조사에 따르면 퇴직 이유 중 1위는 '결혼과 육아'이다―옮긴이).

일과 육아를 양립하면서 경력을 키우는 여성이 적어서 이미지를 그리기 어렵기도 하고, 남성 이상으로 노력해야 하는 직장 생활을 하다 보면 전업주부가 되는 길이 훨씬 위험도 적고 자신과 가족의 행복을 위하는 길이라는 생각이 들 수도 있습니다.

하지만 지금까지 많은 성공한 여성들을 취재하면서 실감한 것은 그녀들이 둘 중 어느 길을 확실하게 선택하고 달려온 게 아니라는 점입니다. 가정생활을 아예 제쳐두고 맹렬하게 경력 개발에만 매진한 것도 아니었습니다. 의외로 보통의 여성들이었습니다. "계속 일하다 보니 어느새 부장이 되었네요"라는 여성이 많았습니다.

146

물론 오래 일한 것만이 아니라, 착실하게 일해 그 회사에서 필요한 사람이 되었기 때문에 승진할 수 있었을 겁니다. 중요한 점은 어떤 일이든 시간을 들여서 해결해나가야 한다는 것입니다. 지금 당장 어떤 선택의 결과가 더 좋을지는 알 수 없습니다. 그러니 포기하지 말고 기회를 보는 것도 중요합니다.

많은 기업을 취재하면서 여성을 관리직에 앉히지 못하는 이유를 물어보았습니다. 지금은 훨씬 덜하지만, 가장 큰 이유가 '오랫동안 일하는 여성이 없어서'라고 말합니다. 즉, 여성은 승진하기 전에 스스로 그만둬버린다고 합니다. 자신의 일에 대한 불만도 많고, 무엇보다 출산과 육아가 큰 문제이기도 합니다.

출산과 육아를 위해 회사를 그만둔 한 여성이 이런 말을 했습니다. "저보다 일을 못하던 남성 사원이 지금은 부장이 됐어요. 저도 그대로 남았다면 연봉이 꽤 높았을 거예요." 그 억울한 심정이 이해는 갑니다. 여성이 시합을 기권하여 남성이 부전승을 올린 셈이지요.

물론 일과 육아를 양립할 환경이 아니라서 어쩔 수 없는 경우도 있습니다. 하지만 그 이전에 스스로 포기하고 만 건 아닌지 한번 생각해보십시오. 아직 어린 두 아이의 엄마이며 식품 제조 회사의 영업과장으로 전국을 뛰어다니는 35세의 T씨는 이렇게 말했습니다.

평범한 이들이 길게 살아남는 방법

"다른 영업과장이 하듯이 며칠씩 머물고 오는 출장은 못 갑니다. 그리고 무거운 상품이나 샘플을 잔뜩 들고 다니지도 못해요. 밤에 하는 접대 영업도, 부하 직원과 한잔하면서 상담을 해주는 일도 못합니다. 하지만 국내라면 하루 만에 다녀올 수 있으니 어디든지 갑니다. 무거운 상품은 전날 미리 보내면 되고요. 이제 술 접대로 영업하는 시대도 아니라서 이 부분도 넘어갈 수 있어요. 부하 직원의 상담은 커피숍에서 해도 충분합니다. 어떻게든 방법은 있어요."

기존의 방법을 따라가지 못한다고 해서 미리 포기하지 말고 버티다 보면 자기만의 방법이 보입니다. 오랫동안 일하는 여성들의 특징이 바로 그것입니다. 지금까지 없던 방법이어도, 자기만의 방식이어도 좋습니다.

계속 시도하는 동안 주변 사람들도 당신의 방식에 자연스럽게 적응할 겁니다. 중요한 것은 계속 일하고 싶어 하는 사람과 일하길 싫어하는 사람의 차이는 점점 벌어진다는 점입니다.

20대 여성들과 이야기를 나누면 이런 이야기를 많이 듣습니다.

"여자는 결국 남편의 경제적인 조건에 인생이 좌지우지되는 것 같아요."

"그렇게 계속 일만 해봐야 나에게 좋은 게 뭐가 있나요?"

그 말이 세상의 진실일 수도 있습니다. 그러나 지금 당신이 자신만의 일을 찾고 있거나 자기 일을 하고 있다면 그런 생각 자체가 많은 장애를 불러올 것입니다. 보험회사에서 전국 10위권에 드는 영업 성적을 올린 30세의 H씨도 이렇게 말합니다.

"결혼하고 나서 남편에게 '나도 피곤해. 집안일은 반반씩 해야 하는 거 아냐'라는 불평을 하는 게 싫습니다. 그리고 일 때문에 가정을 소홀히 한다는 인상을 주는 것도 싫습니다. 가정에 지장을 주지 않는 범위 안에서 일하고 싶어요."

H씨와 같은 기혼 여성들이 이런 생각에 사로잡혀 있다면, 아직 결혼하지 않은 여성들은 자기 일보다, 얼마나 좋은 남자에게 사랑을 받고 있는지를 중요하게 생각합니다. 간혹 미혼 여성들에게서 연애가 잘 되느냐 안 되느냐에 따라 업무를 열심히 하기도 하고 소홀하기도 한다는 인상을 받곤 합니다.

사랑이 인생에서 중요하지 않다는 것이 아니라, 상대방에게 나의 일상이 좌우되는 것 자체가 좋지 않습니다. 그건 내 힘으로 콘트롤할 수 있는 문제가 아니기 때문이지요. 인생에서 내가 결정하고 조율할 수 없는 문제가 많을수록 힘들어지는 건 당연하겠지요? 그리고 이제 우리를 둘러싼 상황은 부모 세대와는 명백히 달라졌

평범한 이들이 길게 살아남는 방법

습니다. 남편의 수입이 적거나 앞으로도 높아질 전망이 없을 수도 있고, 지금은 괜찮더라도 앞으로 이혼, 권고사직, 심신의 병으로 갑자기 경제적인 어려움에 빠질 수도 있습니다.

결혼과 출산으로 '일하는 인생'의 레일에서 일단 이탈한 여성들이 몇 년 후에 다시 사회로 돌아오는 이유는 대부분이 경제적인 이유입니다. '갖고 싶은 게 있는데 살 수가 없어', '생활이 어려워', '이래서야 둘째를 갖기 어려워'라는 현실적인 어려움과 불안 때문에 다시 일을 시작합니다. 또한 남편을 챙기고 아이 키우는 일이 일단락되면 갑자기 '나는 무엇인가?'라며 자아에 눈을 떠서 자기실현을 시작하는 경우도 있습니다.

그렇게 해서 다시 일을 시작하면 매우 힘들지요. 따라서 직장에 출퇴근하는 삶이 꼭 아니더라도 인생에서 나만의 전문성을 가지기 위한 일을 지속하는 게 중요합니다. 그것이 바로 '계속 일하고 싶어 하는 사람'이라는 의미입니다.

여성이 결혼과 출산으로 인해 일을 그만두는 것은 사실 전 세계적인 현상이 아닙니다. 그 말은 생물학적으로 여성이기 때문에 겪는 일이 아니라는 말입니다. 오히려 동남아시아의 몇몇 국가에서는 결혼을 하고 아이를 낳으면 '가정을 위해서라도' 더 열심히 일해야 한다는 사회적 분위기가 있습니다. 많은 선진국에서는 고학력 여성들의 노동을 활용하기 위해 다양한 형태의 노동 조건이 발달해 있지요.

그러나 일본에서 여성들이 오래 일하기 힘든 것은 일과 가정의 양립이 어렵기 때문일 겁니다. 그렇다고 해서 전업주부를 선택해버리면 앞으로 더 큰 리스크가 반드시 따라오는 구조라는 점을 이해해둘 필요가 있습니다. 더 큰 리스크를 막는 해결책 중 하나는 일을 쉽게 그만두지 않는 것입니다. 도저히 양립하기가 어렵다면, 일을 쉬고 있는 기간이 새롭게 시작할 수 있는 충전의 시간이 될 수 있도록 해야 합니다.

미국 〈더 타임스〉가 꼽은 세계에서 가장 영향력 있는 100인 중 하나이자 페이스북의 최고 운영 책임자인 셰릴 샌드버그는 수많은 여성들에게 이렇게 말합니다. "스스로 원해서 직장을 떠나기 전에는 절대로 그만두어서는 안 됩니다. 기회가 오면 놓치지 말고 적극적으로 달려들어 꽉 잡으시길 바랍니다. 최후의 순간까지 절대로 포기해서는 안 됩니다."

제가 하고 싶은 말은 직장 생활을 꼭 해야 한다는 말은 아닙니다. 그보다 더 중요한 것은 직장에 다니든 다니지 않든, 목적의식도 없이 시간이 가는 대로 자신을 흘러가게 두면 안 된다는 것입니다. 설령 전업주부를 하게 된다고 해도 그 생활 속에서 자신이 꾸준히 할

151

수 있는 일을 찾아보세요. 이것저것 취미의 차원에서 하지 말고, 이
왕이면 뭔가 전문성을 쌓을 수 있는 일들을 꾸준히 하는 게 좋습니
다. 그렇게 자신만의 이야기를 만들 각오를 해야 합니다. ◇

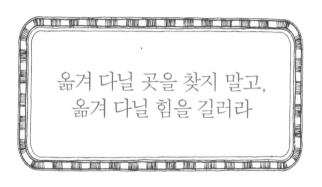

옮겨 다닐 곳을 찾지 말고,
옮겨 다닐 힘을 길러라

꼭대기에 가까이 다가갈수록 꼭대기가 없음을 알게 된다.

낸시 바커스 작가

배를 타고 지구를 한 바퀴 돌고 여러 나라의 게스트하우스에서 묵으며 장기간 배낭여행을 하는 동안 많은 일본 여성을 만났습니다. 여행지에서 만난 여성의 3분의 1 정도가 간호사라는 점에 놀랐지요. 간호사는 일본에서 가장 이직이 쉬운 직업 중 하나입니다.

30대 여성 한 분은 계약직 간호사로 야간 근무를 주로 하면서 1년

평범한 이들이 길게 살아남는 방법

동안 꽤 많은 돈을 모았고, 그 자금으로 1년 정도 유럽 여행을 하는 중이라고 말했습니다. 귀국하면 다음에 일할 병원도 정해져 있다고 하더군요. 간호사는 비교적 고수입이라 돈 모으기도 쉽고 바로 재취업할 수도 있어서 그만두기 쉽다고 합니다. 일은 아주 힘들지만 돈과 시간을 자유롭게 쓸 수 있고 사는 곳이 한정되지 않는다는 장점이 있었습니다.

그렇게 이직을 잘할 수 있다면 좋겠지만, 간호사처럼 내세울 만한 자격증이나 기술도 없는 사람에게 이직은 아주 힘든 것이 현실입니다. 안타깝지만 '이직할 때마다 회사도, 월급도, 대우도 점점 레벨이 낮아졌다'는 이야기를 자주 듣습니다. 이렇게 직장의 레벨을 낮춰서 이직해야 하는 사람들이 많습니다.

다른 나라에서는 이직 횟수가 많은 경우에 자기 경력을 다양하게 쌓아온 증거로 봐주지만, 일본에서는 되레 불리하게 작용합니다. 조직적이지 못하거나 끈기가 없는 사람이라고 미루어 짐작합니다.

특히 정규직의 경험이 없이 비정규직으로 단기간씩 여러 곳을 다닌 사람이라면, 공개 채용으로 정직원이 될 길은 더욱 험난합니다. 그러다 보니 비정규직인 채 계속 독신으로 살아가는 건 아닌지 불안해하는 사람들이 많아지고 있습니다.

154

그러나 앞에서 말했듯이 인생을 길게 보는 사람이라면 이직에 대해서도 준비를 해야 합니다. 미리 준비하지 않으면 상황에 밀려서 회사를 그만두게 되고, 그러면 앞에서 말한 대로 레벨이 낮은 회사를 전전하게 되는 악순환에 빠질 수 있기 때문입니다.

우선 현재의 상태가 불만족스러워 이직을 고민하는 경우가 있을 수 있습니다. 그러나 이직으로 단숨에 현 상태를 역전하기는 아주 힘듭니다. 닥치는 대로 원서를 넣고 면접을 봐도 산산이 깨질 뿐입니다. 그러다 보면 자신감을 잃고 수위를 낮춰 타협해버리는 일도 생깁니다. 만일 이직으로 지금의 상황을 단숨에 뒤집고 싶다면, 그 나름의 전략을 짤 필요가 있습니다. 다음에 제안하는 3가지는 제가 성공한 여성들을 인터뷰를 하면서 얻은 공통점입니다. 그들 또한 이직의 경험을 많이 갖고 있었습니다. 그들은 어떻게 성공적으로 이직할 수 있었을까요?

1. 어떤 한 분야라도 '전문가'라고 말할 수 있는가

20대에 취업을 했는데 인간관계가 잘 안 풀리거나 원하는 일을 맡지 못해서 힘들어하는 경우가 있습니다. 그럼 다른 회사에는 좀 더 괜찮은 자리가 있지 않을까 생각하게 됩니다. 하지만 아직 20대이고 업무 능력이 쌓이지 않은 상태라면, 이직을 해도 마찬가지의

평범한 이들이 길게 살아남는 방법

경험을 하게 됩니다. 업무 능력이 쌓이기까지 적어도 3년 동안은 경력으로 남을 만한 경험을 쌓아야 합니다.

그렇게 해서 '저는 ○○에 관해서는 전문가입니다'라고 말할 수 있는 분야가 하나라도 있으면 됩니다. 업무 능력을 인정받게 되면 이직도 쉽고 다음 직장에서도 당당하게 활약할 수 있습니다.

다만 자격증이 없는 영업, 판매, 사무직과 같은 직종은 기술력을 인정받기 어렵습니다. 이런 경우는 실적과 경험이 중요합니다. 구체적으로 어떤 성과를 냈는지, 어떤 경험을 했는지 분명해야 합니다. 따라서 20대에는 마음 편한 직장보다는 성장할 수 있는 직장을 선택하는 편이 장래의 자신을 위해서 좋습니다. 이름 있는 회사를 다녔다고 해서 그것이 자기의 경력이 되지 않습니다. 아무리 대기업을 다녔어도 30대나 40대가 되었을 때 뚜렷하게 자기가 쌓아온 특별한 기술이나 경력이 없다면 절대로 좋은 조건의 회사로 이직할 수 없습니다.

2. 기초부터 제대로 공부했는가

다른 직종으로 이직하거나 혹은 자신의 직종에서 경력을 키우는 것을 목표로 한다면 '기초부터 확실하게 배우기'를 권합니다. 대충 익혀서는 아무것도 이룰 수 없습니다. 지인 중에는 대기업 전자업체에서 근무하다 공장이 폐쇄된 것을 계기로 38세에 간호사 학교에 입학한 남성도 있고, 50세를 눈앞에 두고 대학에 들어가 일본어 교사가 된 여성도 있습니다. 30대 후반에 법과 대학원에 들어가 변호사가 된 여성, 파리의 요리 학교인 르 꼬르동 블루에서 프랑스 요리를 배워 귀국한 뒤 창업한 여성도 있습니다.

다들 늦깎이로 시작한 공부였지만 그러했기 때문에 오히려 더 큰 효과를 얻을 수 있었습니다. 잠깐 다른 이야기지만, 나이가 든 사람들이 일단 공부를 시작하면 암기력이나 체력은 떨어질 수 있어도 배움의 속도는 훨씬 빠르고 배운 만큼 잘 흡수합니다. 그러니 나이가 들어 새로운 것을 배우긴 늦은 게 아닐까 걱정할 필요는 없습니다.

무엇이든 확실하게 배우기 위해서는 처음부터 단단하게 기본기를 닦아야 합니다. 일정 정도의 시간과 돈과 노력을 투자해야 합니다. 그러니 신중하게 생각해서 진짜 하고 싶은 일을 선택하세요. 이해득실을 따지거나 누군가의 추천으로 무작정 일을 시작하면 도중에 좌절할 수도 있으니까요. 진지하게 배우고 열정을 쏟아야만 높은 가치를 만들며, 그 능력으로 돈도 벌 수 있습니다.

3. 정말 필요한 자격증이 있는가

요즘같이 스펙이 중요한 시대에 자격증이 없는 사람은 거의 없

평범한 이들이 길게 살아남는 방법

습니다. 그러나 관련 없는 자격증을 몇 개씩 가지고 있어봐야 이직에 도움이 되지 않습니다. 경험이 쌓이지도 않습니다. 지금의 업무를 중심에 두고 이 지식을 더하면 좀 더 업무의 폭이 넓어지겠다고 생각되는 것들을 익혀야 합니다.

예를 들어 인테리어 코디네이터라면 색채나 조명에 대한 지식을 익혀야 합니다. 미용사라면 의상 코디네이션나 메이크업 기술을 익히면 자신의 강점을 살려내고 업무에 활용할 수 있습니다. 혹은 어떤 직업이더라도 도움이 되는 종류의 지식이나 자격증도 있습니다. 어학이나 사진 기술 등이 그러하지요.

지금 하고 있는 업무와 거의 관련 없는 일은 피해야 합니다. 왜냐하면 비슷한 경력과 업무를 하고 있는 사람들이 여럿 있다면, 그 중에서도 뭔가 플러스가 되는 지식과 경력이 있는 사람을 뽑을 것이기 때문입니다.

멀리 보는 관점에서 생각하면 이직은 단순하게 '좋은 회사'와 '좋은 조건'을 좇는 것이 아닙니다. 앞으로의 긴 인생길에서 '내가 무엇을 할 수 있을까'를 중심에 놓고 움직이는 일입니다. 그렇게 이직은 미래에 대한 가슴 뛰는 계획으로 자리 잡아야 합니다.

따라서 지금 하고 있는 모든 일의 관계에 대해서 잘 생각해야 합니다. 단순 아르바이트 같은 시간제 근무의 노동도 마찬가지입니다. 요즘에는 정직원이 되기 전에, 취업을 하기 전에 여러 가지 일들을 거치는 시기가 늘어나고 있습니다. 이런 일들이 하찮게 보여도 그 역시 어떤 '맥락'이 있으면 장래에 반드시 도움이 됩니다.

제가 아는 한 친구는 인테리어 숍에서 시간제로 1년 정도 일했습니다. 인테리어라는 분야 자체가 정규직이 잘 없고, 특별히 어떤 전공을 한 사람들이 우대를 받는 업은 아닙니다. 그런데 그 친구는 그 시간제 근무를 하면서 인테리어 코디네이터 자격증을 땄습니다. 그게 발판이 되어 한 인테리어 회사로부터 비정규직으로 스카우트 제의를 받았습니다. 다시 1년 뒤에는 정규직 사원이 되었습니다. 정규직 고용이 거의 없는 일이었는데, 취직하기 전에 시간제 경력이 충분히 인정받은 것이지요. 이런 일들은 얼마든지 벌어질 수 있습니다. 중심을 잡고 자신이 하는 일, 자신이 보내는 시간의 관계들을 만드세요. 그래야 내가 일을 쫓아다니지 않고, 일이 나를 쫓아오게 만들 수 있습니다. ◇

진짜 자기 것을
욕심내보라

당신이 어떤 위험을 감수하는지를 보면,
당신이 무엇을 가치 있게 여기는지 알 수 있다.

재닛 윈터슨 작가

언젠가 지방의 상공회의소에서 실시하는 창업 세미나에 참여한 적
이 있습니다. 그때 참여한 사람은 거의 80퍼센트 이상이 여성이라
는 생각이 들 정도로 여성 비율이 높았습니다. 아직 이 사회에는
여성의 능력을 잘 활용하는 성숙한 토양이 마련되지 못한 게 현실
입니다. 그러니 적극적이고 능력 있는 여성들이 '회사가 채용을 안

10년 전을 사는 여자, 10년 후를 사는 여자

해주면 내가 회사를 차리는 수밖에 없지!'라며 방향을 바꾸는 것은 자연스러운 흐름이라고 생각합니다.

여성 기업가 모임에 참여하면 밝고 활기차게 사업하는 여성들이 얼마나 많은지 놀라고 맙니다. 그리고 그들의 나이 또한 매우 다양하고, 하고자 하는 분야 또한 매우 다양합니다. 카페, 베이커리, 피부 관리, 네일 아트, 디자인 사무소, 게스트하우스 등 개인이 할 수 있는 업종부터 보석 디자인 및 판매, 편집 프로덕션, 인테리어 등 여러 사람들을 고용해야 하는 대규모 사업까지 다양한 분야에서 정말 즐거운 모습으로 일하고 있습니다.

'창업'을 남성의 영역이라고 생각하지 말고, 여성이 사회에서 활약하기 위한 마지막 카드라고 생각해야 합니다. 실제로 일본에서는 남성보다 여성이 더 기동력이 좋아 창업하는 건수가 남성의 2배가 된다고 합니다. 하지만 리스크도 높아서 폐업율도 2배라고 합니다. 제가 느끼기에도 5년 이상 자기 사업체를 운영하는 여성은 상당히 적은 것 같습니다.

어떤 리스크가 있을까요? 작은 걸림돌을 시작으로 자금이 돌지 않게 되거나, 시간을 자유롭게 쓸 줄 알았는데 오히려 더 바빠져서 육아나 간병을 양립하지 못하거나, 인재 육성이나 고객 유치에 어려움을 겪는 등 이유는 다양합니다. 저도 개인 사업을 운영해본 경

평범한 이들이 길게 살아남는 방법

험이 있습니다. 일이 잘 풀리지 않을 때는 바쁘기만 하고, 혼자 쓸 생활비도 조달하지 못하고, 아파도 일을 잠깐이라도 쉴 수가 없습니다. "월급을 받던 때는 정말 편했는데……"라고 생각한 적이 한두 번이 아니었습니다.

하지만 모두 자신이 책임지는 만큼 자유와 보람이 있습니다. 무엇보다 스스로 하는 일이기 때문에 원하는 꿈과 목표를 적극적으로 그릴 수 있습니다. 나이가 많아도 상관없어서 해고를 당하거나 정년퇴직을 맞을 고민이 없다는 점은 정말 고마운 일이지요.

그러니 일단 창업을 했다면, 언제나 마음을 굳게 먹고 낙관적인 생각을 가지고 움직여야 합니다. 웅덩이에 빠져도 나올 수 있습니다. 자신이 모자라서 일이 힘든 게 아닙니다. 누구에게나 창업은 쉬운 일이 아닙니다. 그건 남성들도 마찬가지입니다.

중년의 남성들은 보통 더 큰 부를 얻기 위해 직장을 그만두고 창업을 합니다. 흔히 샐러리맨으로 살 것이냐, 사장으로 살 것이냐 하고 고민하는 것이지요. 그러나 이제는 평생 직장인으로 살고 정년퇴직을 했다고 해도, 노후자금에 한계를 느낀 남성들이 창업을 많이 합니다. 이와 같은 사회적 추세를 볼 때 여성도 좀 더 나이가 들기 전에 창업해서, 고객을 만들고 사람을 고용하는 단계를 경험해두는 것 또한 하나의 방법이라고 생각합니다.

162

창업 후 5년 만에 지점을 6군데나 두게 된 여성 CEO H씨는 30대 후반에 직장을 그만두었습니다. 싱글 맘 H씨는 학력도 없고 업무 경력도 없습니다. 그러나 이제는 주로 지점들을 관리하며 안정된 생활을 하고 있습니다. 그녀는 "이런 나도 할 수 있었으니 하고 싶다는 마음만 있으면 누구라도 할 수 있습니다"라며 창업을 준비하는 여성들에게 용기를 주고 지원하는 활동도 하고 있습니다. 제가 그녀를 비롯한 여러 여성 기업가들을 만나면서 얻은 창업 성공의 포인트는 다음 7가지입니다.

1. 여성만의 강점을 찾아라

성공한 여성 기업가는 주변 가까이에 있는 요구를 잡아내어 섬세하게 대응하거나 남성에게 없는 아이디어로 틈새 상품이나 서비스를 찾아내는 등 여성의 강점을 살린 사람들입니다. 남성들이 주로 활약하는 분야라도 역시 여성만의 차별화를 통해 자기만의 능력을 펼치고 있지요. 즉, 창업에서도 여성이라는 점이 유리하게 작용해야만 무리 없이 계속할 수 있습니다.

2. 수요를 관찰하라

창업한 후부터 수요를 만들어가는 것이 아닙니다. 창업에 실패

평범한 이들이 길게 살아남는 방법

하는 사람들은 보통 '내가 하고 싶은 일'을 먼저 정하고, 사람들을 끌어들이려고 합니다. 하지만 그렇게 하면 실패합니다. 오히려 의뢰받는 일이 많거나 '이런 서비스가 있으면 좀 더 편하겠다' 혹은 '이런 게 있으면 사람들이 좋아하겠지'라는 생각이 드는, 원래부터 수요가 있는 곳에 활력이 생깁니다. 이를 파악하기 위해서는 관찰을 잘해야 합니다. 주변과 세상에 대한 관심을 키우고, 사람을 관찰하는 연습을 꾸준히 해야 합니다.

3. 일을 거절하지 말아라

창업을 했다면 의뢰받은 일은 무엇이든 "열심히 하겠습니다" 하고 받아야 합니다. 하잘것없는 일도 열심히 해야 하지만, 때로 엄두가 안 나는 일이 와도 겁내지 않아야 합니다. 자기 실력 이상의 일이라도 받아들여서 이루기만 하면 성장할 수 있습니다. 우선은 고객이 있어야 기업이 있습니다. 꼼꼼히 대응해서 고객을 기쁘게 할 수 있다면, 언젠가는 일을 고를 수 있는 날이 옵니다.

4. 경제적인 이익을 챙겨라

창업을 하더라도 당장 사무실을 얻고, 사람을 고용할 수는 없을 겁니다. 그리고 그렇게 처음부터 일을 벌인다고 좋은 것도 아닙니다. 그런데 집 주소로 개업해놓고 "매출에도 별로 신경 쓰지 않아"라고 말하는 사람이 있습니다. 그건 일이 아니라 여가인 것이죠. 그렇게 여분의 시간을 내서 하는 일은 오래가지 못합니다. 때문에 시간과 노력을 들여 반드시 경제적으로 성공을 해야 합니다. 그런 경제적 보상이 없다면, 보람도 없으며 가족의 이해도 사라집니다.

5. 후원자 만들기

무슨 일이든 혼자서 다 하려고 하면 안 됩니다. 꼭 동업자를 구하라는 말이 아닙니다. 어떤 일을 하든 도와주는 사람이 필요합니다. 큰 도움이든 작은 도움이든 말입니다. 세금에 대해 잘 알거나 컴퓨터를 잘하는 사람 등 의지할 수 있는 후원자를 갖는 것은 반드시 필요합니다. 꼭 실무적인 도움을 줄 수 있는 사람이 아니더라도 곤란할 때 상담할 수 있는 멘토와 같은 존재도 큰 힘이 됩니다.

6. 현상 유지하겠다는 생각을 버려라

시작하는 것보다 유지하는 것이 더 어렵습니다. 그런데 유지를 목표로 하면 오히려 낙오됩니다. 그러니 언제나 자신의 일을 연구하고 발전시키는 법을 고민해야 합니다. 보통 창업을 하면 자기가 기존에 갖고 있던 지식과 능력을 이용합니다. 그러나 그건 곧 바닥

평범한 이들이 길게 살아남는 방법

이 납니다. 그러니 늘 공부하고 항상 도전해야 합니다. 현상을 유지하려는 자세로는 이내 퇴화할 수밖에 없습니다.

7. 감정과 일을 분리하라

문제 해결에 자신의 감정을 이입하지 마세요. 특히 자신과 함께 일하는 사람들이 생기게 되면, 그들에게 사사로운 감정을 가져서는 안 됩니다. 가족 같은 관계, 친구 같은 관계도 좋지만, 너무 가까우면 감정과 일이 분리되지 않아 반드시 문제가 발생합니다.

같이 일하는 사람들만 그런 게 아닙니다. 창업을 하면 고객과도 매우 가깝게 지낼 일이 많아집니다. 이때도 개인적인 관계가 문제 될 일이 생길 수 있습니다. 그러니 될 수 있으면 감정과 일을 분리하고 논리적으로 사고하는 훈련을 해야 합니다. ◇

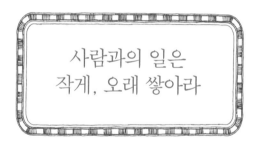

사람과의 일은
작게, 오래 쌓아라

쉰 살이 되면 이전에는 미처 생각지 못했던 것을 생각하게 된다.
늙음을 고민하는 것은 오만한 행동이다.
나이를 먹을수록 주름살보다는 주위 사람들이 하나둘씩 떠나는 것을 고민해야 한다.

조이스 캐럴 오츠 작가

얼마 전에 만난 30대 여성이 이런 이야기를 했습니다. "회사에 결혼한다고 말해야 하는데, 어떤 타이밍에 해야 할지 잘 모르겠더라고요. 그래서 인터넷 상담 코너에 익명으로 물어봤어요." 그러자 친절한 답변이 여기저기서 쏟아져 도움을 많이 받았다고 합니다.

혈연이나 지연, 회사와의 농밀했던 관계가 옅어지는 반면에, 방

평범한 이들이 길게 살아남는 방법

법은 다르지만 필요에 따라 도움이 될 만한 사람과 연결할 수 있는 수단이 극적으로 늘었습니다. 지금까지는 생활이나 업무의 노하우, 상식, 직장 매너와 같이 필요한 지식은 부모와 친척, 학교나 회사의 선배가 친절하게 혹은 엄하게 꾸짖으며 알려주었습니다. 하지만 이제는 이런 식으로 가르쳐주는 사람이 거의 없습니다. 그것이 예전과 다른 수단에 의지하게 된 가장 큰 이유일지도 모릅니다.

오늘날 회사만 보아도, 예전에는 종적 구조였기 때문에 악역을 맡은 선배가 후배에게 제대로 일을 할 줄 모른다는 구박을 해가면서 자세히 지도해주었지만, 요즘은 모두 자기 일로 바빠서 아무도 지도하려 하지 않습니다. 일부러 후배들에게 미움 받을 소리를 하지도 않습니다. 더구나 계약직이나 아르바이트를 하는 사람들은 오래 일하지 않으리라고 생각해서인지 '애정이 담긴 지도'를 해주는 사람이 적어졌습니다.

그러다 보니 생활, 업무, 교육, 지원, 결혼, 간병, 정신적인 배려에 이르기까지, 인터넷에서 만나는 사람들이나 전문가와 같은 제3자가 그 역할을 맡게 되었습니다. 같은 공동체에 완전히 귀속된 '깊은 관계'가 아니라, 조금씩 여러 곳에 목적별로 나뉜 '얕은 관계'가 늘어가고 있습니다.

깊은 관계는 도움이 되긴 하지만 '굴레'라고도 할 수 있는 부담스러운 면이 있습니다. 정보나 서비스의 폭도 정해져 있고 그것이 자신이 원하는 것과 달라서 갈등을 일으키기도 합니다. 따라서 사람들은 얕더라도 자신이 필요한 것을 확실하고 간단하게 알려주는 합리적인 관계를 원하게 되었습니다. 특히 정서적인 교류에 있어서는 이러한 경향이 더 강합니다.

따라서 요즘에는 사람들이 인터넷으로 소통을 많이 합니다. 블로그, 메신저, 트위터, 페이스북 등 각자의 가상공간에 '이유 없이 외롭다'라고 글을 올리면, 여기저기에서 '그 기분 잘 알지', '나도 외로워', '혼자가 아니잖아' 등 수많은 댓글이 달립니다.

저는 이와 같은 현상이 나쁘지 않다고 생각합니다. 하지만 인터넷이나 전문가를 이용하는 것만으로는, 충실하게 생활하고 인생을 설계하기에는 여전히 부족한 면이 많습니다. 실제로 관계를 맺고 있는 주변 사람의 조언이나 지원 없이는 역시 곤란한 일이 많습니다. 앞에서 말한 경우도 그렇습니다. 결혼 소식을 회사에 전할 타이밍을 고민했다는 것은 아무래도 업무 때문일 겁니다. 그러면 정작 의논해야 할 사람들은 회사 동료들이겠지요.

세상을 살아가다 보면, 다 큰 어른인데도 실수를 많이 하는 사람이 있습니다. 그런 이들을 보고 또 누가 야단을 치지도 않습니다. 그러면 '어째서 저 나이가 되도록 아무도 저 사람에게 진심 어린

169

조언을 해주지 않은 걸까?'라는 생각이 듭니다. 만약 당신 옆에 자신이 깨닫지 못하는 것을 가르쳐주거나 자신이 할 수 없는 부분을 바로 보조해주고 진심으로 이야기해주는 사람이 있다면 엄청난 행운인 것입니다.

인간관계는 돈, 시간, 노력, 기술, 정신 등과 관련한 많은 문제를 해결해줍니다. 저는 어려웠을 때 당시 친절한 집주인이 월세를 받지 않고 살게 해준 도움을 받은 적도 있었습니다. 아르바이트를 하면서 만난 한 선배에게 옷과 채소, 생활용품을 받은 적도 있습니다. 제가 필요하다고 말하지 않아도 친절을 베푸는 사람들은 고마운 존재입니다. 기회를 가져다주는 것도 역시 사람입니다. 여러분에게도 '그 사람 덕분에 구원받았다' 혹은 '그 사람 덕분에 인생이 바뀌었다'라고 말할 수 있는 사람이 있을 것입니다. 깊은 인간관계가 주는 영향력은 큽니다.

따라서 현대를 살아가려면 '깊은 관계'와 '얕은 관계'를 모두 만들어갈 커뮤니케이션 능력이 필요합니다. 그리고 두 관계 모두 신뢰가 필요합니다. 그러나 그 신뢰를 만드는 방법은 좀 다른 것 같습니다. 깊은 관계는 상대를 위하고 따뜻한 관계를 쌓아가기 위한 '감정 커뮤니케이션'이 중요합니다. 반면 얕은 관계는 서로의 목적을 달성하기 위한 '전달 커뮤니케이션'이 기본입니다.

여성은 주로 감정 커뮤니케이션에 능숙합니다. 아이가 있는 여성들은 비슷하게 육아를 하고 있는 여성들과 더 친해지지요. 그것은 같은 고민을 하고 있다는 데 대해서 감정이입을 강하게 하기 때문입니다. "맞아, 나도 그래"라고 응수할 수 있는 '공감'으로 연결되어 있기 때문입니다. 그런데 이런 관계는 일이나 아이 등 공감하던 것이 없어지면 언제 그랬냐는 듯이 연결이 뚝 끊어지는 경우가 많습니다.

남성에 비해 여성의 경우, 결혼을 하면 친구들이 소원해진다고하는 게 바로 그런 이유입니다. 그러나 인생에서 언제나 비슷한 사람들만 만날 수는 없습니다. 지금은 처한 조건이 비슷하다고 해도 1년 후, 2년 후, 10년 후에는 전혀 다른 조건에 처할 수도 있습니다. 그럴 때마다 맺었던 인간관계들이 사라진다고 생각하면 참 허무합니다. 그래서 여성들이 가족, 연인, 어린 시절 친구들에게 유난히 집착하는 것일 수도 있습니다.

저는 전혀 다른 세계에 있는 사람, 나이 차이가 크게 나는 사람, 다양한 타입의 사람과 인연을 맺어보길 추천합니다. 그런 사람들을 만나기 위해서 움직이면, 새로운 정보와 기회가 함께 끌려옵니다. 인연이 있다면 이어지게 됩니다.

평범한 이들이 길게 살아남는 방법

특히 자신의 10년 후, 20년 후에 하고 싶은 일을 먼저 하고 있는 사람이 있다면, 나이 차가 많이 나고 세대 차이가 많이 나도 적극적인 관계를 맺을 필요가 있습니다. 그 나이가 되었을 때 어떤 것을 갖고 있을지 배울 수 있습니다. 반대로 젊은 사람과의 만남도 좋습니다. 지금은 나보다 어리고 세상 물정을 모르는 것처럼 보이지만, 그들도 곧 성장할 것이기 때문입니다. 무엇보다 도로 어려질 수는 없는 일입니다. 그렇기 때문에 새로운 것, 새로운 세대의 감수성은 이들을 통해서 배울 수밖에 없습니다. 관계를 맺는 타인이 나와 다른 점이 있다고 해서 불편해하지 말고, 새로운 것으로서 흥미롭게 받아들이길 바랍니다.

가끔은 주변에 싫은 사람이 있기도 합니다. 특히 직장에서 그런 사람을 만나면 매우 힘들지요. 그러나 그것도 훈련의 하나라고 생각해보세요. 이 일만 아니면 이런 사람과는 만날 일이 없었을 테니 이보다 더 좋은 배움의 기회는 없습니다.

커뮤니케이션을 '친해지는 것'으로 착각하면 안 됩니다. 나이가 들수록 해야 할 일의 가짓수가 늘어나고, 소통해야 하는 사람들의 수도 많아집니다. 그런데 그 모든 사람들과 친밀하게 지낼 수는 없습니다. 매일같이 만나기 때문에 친한 사람이 되는 게 아니라, 1년에 한 번을 만나도 반가운 사람이 되어야 합니다.

그러려면 앞으로의 일과 생활의 현장에서는 '목적'으로 연결된 전달 커뮤니케이션이 주류를 이루게 될 것이라는 점을 이해해야 합니다. 상대가 무엇을 원하는지 정확하게 이해하고, 자신의 요구나 의견을 명확하게 전달하는 기술이 필요합니다. 모든 사람들이 내 마음 같지 않습니다. 그렇기 때문에 다른 사람에게 내 의견을 분명하게 말하지 않으면 알아주지 않습니다.

모든 인간관계는 서로 기분 좋은 사이가 아니면 좀처럼 계속되기 어렵습니다. 쉽지 않은 일입니다. 특히 일로 연결된 사람이라면 말할 것도 없지요. 따라서 서로의 목적을 확인하거나 타협점을 찾는 것도 중요합니다. 평소에 자기 의사를 확실하게 전달하는 연습을 해두는 게 좋습니다. 지금 어떤 관계를 만들고 있는지에 따라 10년 후, 20년 후의 인생이 크게 바뀝니다.

과거만큼 1 대 1의 관계, 오프라인에서의 관계가 중요하지 않게 되면, '굳이 인간관계에 신경 써야 할까?'라고 생각하는 사람들도 많을 겁니다. 맞습니다. 현대사회에서는 개인화가 급격하게 진행되었고 앞으로도 더욱 심해질 것입니다. 하지만 그처럼 자기 선택, 자기 책임이 중요한 사회가 되었기 때문에 커뮤니케이션의 중요도는 더 높아졌습니다.

개인화가 진행되면서 '자기 일만 잘하면 된다'는 흐름이 만들어진 것도 사실입니다. 사람들은 경제적인 이유를 비롯해 바쁜 일정에 쫓겨 시간이 없고 스트레스가 쌓이는 등의 여러 사정으로 늘 여유 없는 상태에 빠져 있습니다. 일과 생활을 지키고 자신의 욕구를 채우기 위해 필사적입니다. 자신의 안위만을 생각하고 살자면, 집단 속에서는 '무사안일주의'로 아무것도 하지 않고 풍파를 만들지 않는 것이 현명한 삶의 방법처럼 보이기도 합니다. 그러나 그것이 나쁜 쪽으로 발전하게 되면 결국에는 상대를 희생해서라도 나만 좋으면 상관없다는 식이 되어버립니다.

그런 태도가 몸에 굳어지니, 비단 회사에서만 이기적으로 살아가는 게 아닙니다. 전철 안에서 눈앞에 서 있는 노약자에게 자리를 양보하지 않거나, 개를 산책시키면서 용변 뒤처리를 하지 않거나, 다른 사람에게 힘든 역할을 억지로 맡기거나, 다 큰 성인들이 집단적으로 다른 사람을 괴롭히는 모습 등을 보게 됩니다. 그나마 남에게 나쁜 사람으로 보이고 싶지 않아서 주변을 의식할 때는 아직 괜찮습니다. 그런데 '남이 어떻게 보든 상관없어'라는 식이라면 세상은 아주 위험해집니다.

개인화된 사회에서 안전망이 되어야 하는 가족 관계 또한 망가지고 있습니다. 가족은 자기희생 없이는 존재할 수 없는 구성체입니다. 그런데 경제적 문제, 가정 폭력, 배우자의 불륜, 육아 포기,

부모님의 간병 포기 등의 문제가 불거지고 있습니다. 그것은 정신적으로 어른이 되지 못하고 자기만 생각하는 사람들이 가정을 희생시키고 있기 때문입니다.

가족이니까, 친구니까, 학교 선후배니까, 직장 동료니까……. 이러한 이유로 친밀한 관계를 억지로 요구했던 시대의 폐해도 분명히 있었습니다. 그러나 그 같은 관계의 모든 면이 잘못된 건 아닙니다. 저는 대학원에 처음 들어갔을 때 주변 친구들의 도움을 많이 받았습니다. 그중에는 같은 과 학생이 아닌데도, 처음 보는 사람인데도 도와준 이들도 있습니다.

개인화 성향이 강화되고 얕은 관계가 더 강해지는 사회에서 이런 도움을 주는 사람은 훨씬 더 큰 신뢰를 받게 됩니다. 당신에게 한 번이라도 도움을 받은 사람이라면, 1년에 한 번 당신을 만나도 매우 반가워할 것입니다. 당신이 도움을 청하면 그 사람 또한 기꺼이 도움을 줄 것입니다. 그러니 '기브 앤 테이크'를 따지지 않고 기꺼이 친절을 베푸는 연습을 해보십시오. 간단한 것이라도 좋습니다. 길을 헤매는 사람에게 길을 알려주고, 떨어진 휴지를 줍고, 공동 우편함을 정리하고, 동료의 아이를 잠시 맡아주는 등 주변을 돌아보면 할 수 있는 일은 끝도 없습니다.

아무리 작은 일이라도 습관적으로 계속하다 보면 큰 신뢰가 쌓

175

평범한 이들이 길게 살아남는 방법

입니다. 그 신뢰는 아주 천천히 쌓인 것이라서 쉽게 무너지지 않습니다. 그리고 이런 습관을 쌓다 보면 무엇보다 나 자신이 기분 좋아집니다. 인격이 바뀝니다. 비슷한 마음을 가진 사람들이 모입니다. 주변 사람도 따뜻해지며, 당신을 보는 눈이 바뀝니다. 직접적인 보답이 없더라도 반드시 어딘가에서 도움을 주는 사람이 나타납니다.

10년 동안 작은 일이라도 습관적으로 해온 사람과 아무것도 하지 않은 사람은 크게 차이가 납니다. 개인의 노력도 이러한데, 인간관계에서의 주고받음은 정말 엄청난 차이를 낳습니다. 주변에 '저 사람은 어떻게 저 많은 사람들과 친하지?'라는 생각이 드는 사람이 있을 겁니다. 가만히 살펴보면 그 관계가 매우 오래되었음을 알 수 있습니다. 또 이유 없이 '저 사람 일이라면 나도 도와주고 싶다'라는 생각이 드는 사람이 있습니다. 그건 인터넷이나 SNS 같은 공간에서 만난 사람들도 마찬가지입니다. 어떤 이들은 얼굴도 모르는데 도와주고 싶은 마음이 듭니다. 그 이유가 무엇일까 가만히 살펴보면, 그 사람이 언제나 힘든 일을 맡아서 하며 그림자처럼 뒷자리에서 열심히 노력하고 있다는 느낌을 주기 때문입니다.

사람들은 누구나 진짜 괜찮은 사람을 알아보는 눈을 가지고 있습니다. 만약 당신이 인간관계에 있어서 작은 일에 진심을 가지고

176

대한다면, 그것이 점점 쌓여서 언젠가는 불쑥 커다랗게 되돌아올 것입니다. 그러니 자신을 소중하게 생각한다면 다른 사람도 소중하게 생각해야 합니다. 그것이 커뮤니케이션의 기본입니다. 누군가를 위한 일일일선一日一善과 같은 습관을 들이는 것도 좋은 방법입니다. ◇

자신을 위한
보호막을 만들어라

쉴 수 있는 정원이 눈에 띌 때마다 잠시 걸음을 멈추고
고요함에 흠뻑 취해보기 바랍니다.
여러 일을 동시에 해내느라 삶의 소중한 부분을 놓치는 일이 없기를 바랍니다.

아리아나 허핑턴 기업인

20대 후반에 저는 한 의류업체 매장의 점장으로 일했습니다. 몸도 마음도 완전히 지칠 정도로 가혹한 나날이었지만, 기묘한 충만함이 있었습니다. 그 충만함은 이른 나이에 점장이 되었다는 자부심만은 아니었습니다. 엄청나게 많은 일을 해냈을 때 느껴지는 어떤 만족감 같은 게 있었습니다.

10년 전을 사는 여자, 10년 후를 사는 여자

매일 매장에 나가 열쇠로 문을 열고 스태프 10여 명의 하루 작업 내용을 화이트보드에 적습니다. 회사 지시대로 매장을 운영하고 계산대를 마감한 후 매출을 계산하여 올립니다. 온종일 앉을 시간도 없이 뛰어다니고 상품 정리까지 마치면 한밤중이 되지요. 매장 문을 잠그고 집으로 돌아가는 순간 '오늘도 무사히 끝났다'는 안도감이 밀려오면서 왠지 서글픈 웃음이 올라옵니다.

확실히 그곳에는 나의 자리가 있었습니다. '내가 없으면 이 매장은 돌아가지 않아'라는 사명감 같은 것이 있었습니다. 리더로서 활기차게 일하는 모습을 보이는 데 묘한 보람을 느끼며 지냈고, 순식간에 날짜는 흘러갔습니다. 아무리 심적으로 괴로운 일이 있어도, 몸이 꼼짝 못할 정도로 아파도 기어서라도 나갔습니다.

하지만 시간이 지날수록 정말 힘들었습니다. 그 상태로는 10년 후는 고사하고 1년 앞도 내다볼 수 없었습니다. 여성 점장이 일하기 편한 환경을 만들기 위해 개선해야 할 점을 정리해서 몇 차례 본부에 제안하기도 했지만 하나도 채택되지 않았습니다.

완전히 실망해서 퇴직을 결정한 순간, 겨우 알게 되었습니다. 점장은 일회용이라는 사실을 말입니다. 회사는 자신들이 원하는 대로 움직여주는 건강하고 활기찬 점장이 필요했을 뿐입니다. 그만둘 때가 되어서야 확실하게 알 수 있었습니다. 그제야 보니 어느새

입사 동기들이 대부분 점장이 되어 있었습니다. 그런데 지금은 그들 중 많은 이들이 4년 만에 몸이 망가지거나 정신적으로 피폐해져 퇴직하고, 이제는 거의 남아 있지 않았습니다.

우리는 인생을 잘 살기 위해서 노력해야 한다는 생각을 많이 합니다. 그래서 뭐든 많이 합니다.

어릴 때는 공부를 너무 많이 하고, 직장에 들어가서는 일을 너무 많이 합니다. 물론 절대적으로 양이 많아야 질적인 성장도 가능합니다. 하지만 이렇게 일을 많이 한 사람들, 그중에서도 특히 여성들은 나중에 후회하는 경우가 있습니다.

그들 대부분은 당시의 저처럼 '내가 해야만 해'라는 강한 책임감을 가진 여성들입니다. 이런 여성은 무조건 헌신적으로 일하며 "고객에게 미소로 답례를 받으면 정말 보람이 느껴져"라는 소리를 하면서 자기 희생을 상쇄합니다. 아니면 관리직으로 승진시켜준다는 제안에 혹해 줄곧 저임금을 받으며 일하거나 "훌륭한 기업 이념을 다 함께 이뤄냅시다!"라는 카리스마 있는 경영자에게 세뇌되어 자신과 주변을 제대로 보지 못하기도 합니다. '분명히 할 수 있어. 제대로 못 하는 것은 내가 아직 미숙해서야'라며 자신을 책망하는 것도 이 여성들의 특징입니다.

하지만 회사는 우리의 건강과 인생을 책임져주지 않습니다. 회사의 편의에 맞춰진 '속임수'에 넘어가서는 안 됩니다. 성실한 여성들은 필사적으로 일하다가 결국 한계에 다다르면, 마치 실이 끊어지듯이 갑자기 회사에 오지 않거나 우울증에 걸리는 사람이 적지 않습니다. 이렇게 되면 회복하기까지 시간이 걸려서 더욱 큰 리스크를 떠안게 됩니다. 또한 개인 시간을 희생해 일만 하면서 세월을 보내는 동안, 결혼할 시기를 놓치거나 결혼은 했지만 아이를 낳아야 할 타이밍을 놓쳐 좀처럼 임신이 안 되거나 유산하는 등의 리스크가 생기기도 합니다.

나중에 돌이킬 수 없는 일이 생겼을 때, 아무도 책임져주지 않습니다. 자신의 생활과 건강은 스스로 지킬 수밖에 없습니다. 기본적으로 직장인이란 '일회용'입니다. 이 말에 대해서 거부감을 가질 필요는 없습니다. 어떤 나라에서는 사원을 '일회용'으로 취급하는 것을 당연한 상식처럼 여깁니다. 직장에서의 역할도 불안정한 게 당연한 현상이지요. 오히려 '안정'이나 '불안정'이라는 개념도 없습니다. 회사 사정에 따라 "내일부터 오지 않아도 됩니다"라고 권고사직을 당하는 일도 많습니다. 서로 조건이 맞으면 일하고 맞지 않으면 끝내는 세계입니다. 그렇기 때문에 사회복지나 노동조건의

평범한 이들이 길게 살아남는 방법

시스템이 더욱 잘 정비되어 있기도 합니다.

일본만 해도 과거에는 '종신 고용제'라는 시스템이 있었지요. 그러나 그것은 일하는 사람이 부족했던 고도성장기에 사원을 잡아두려고 만든 특수한 시스템입니다. 젊은 세대의 월급을 낮추고 나이를 먹을수록 보수와 직위가 올라가는 연공서열 시스템을 만들어 사원의 유출을 방지했던 것이지요. 이 제도를 유지하려면, 사회 전체가 지속적으로 성장하고 그에 따른 노동인구가 계속 늘어나는 것이 전제되어야 합니다. 하지만 이제는 이 시스템을 유지할 수 없는 상황입니다.

비정규직은 물론이고 정직원도 일회용 취급을 당할 수 있다는 각오를 해둘 필요가 있습니다. 노동자의 수요가 줄어든 시장 구조에서는 블랙 기업이라 불리는 노동 착취 기업이 늘고, 비정규직을 늘리면서 정규직에게 오히려 무거운 부담을 더 지우는 경향을 보입니다.

회사는 "우리는 회사 사정에 맞춰서 일을 혹독하게 시킬 예정이라, 여성으로서는 위험부담이 클 겁니다"라는 이야기는 절대 하지 않습니다. 스스로 상황을 판단할 수밖에 없습니다. '일회용처럼 쓰고 버려도 상관없어요. 나도 이곳을 발판으로 삼을 예정이니까'라는 정도의 각오를 합시다. 단지 휘둘리기만 하는 것이 아니라 잠시 일하고 그만두게 되더라도 그만한 보람을 얻을 수 있는 일을 하면 됩니다.

회사만 직원을 필요로 하는 게 아닙니다. 개인도 조직이 필요합니다. 특정한 능력을 쌓으려면 그 일에만 몰두하는 시기가 필요합니다. 그곳에서 전문성과 리더십, 인간관계 등에 관해 몇 년 동안 수련을 쌓는다고 생각하면 쓰고 버려져도 나에게 손해는 없습니다. 어쩌면 '이곳에서도 일했으니까 다른 어떤 곳에서도 잘할 수 있어'라는 자신감이 가장 큰 자산으로 남을지도 모르지요.

혹은 반대로 나는 일회용이 되지 않고, 회사에 필요한 인재로 계속 남기 위해 끝없이 노력하겠다고 마음먹을 수도 있지요. 그렇게 해서 자신의 능력을 더 펼칠 수 있는 기회를 당당하게 회사에 요구하는 사람이 될 수도 있습니다.

일은 어디까지나 우리가 살아가기 위한 수단입니다. 목적이 아니라는 것을 잊지 말아야 합니다. 따라서 회사나 조직에 대해 과도한 긍정도, 과도한 부정도 가질 필요가 없습니다. 저는 특히 여성들이 조직에 대해서 '감정적인 거리 두기'를 잘하기 바랍니다. 냉소적인 태도를 가지라는 말이 아니라, 자신에게 필요한 것에 집중하기를 바란다는 말입니다. 미래를 생각하는 이들은 현재의 일에 지나치게 감정을 쏟지 않습니다. 그래야만 먼 미래를 향해 달릴 수 있으니까요. ◇

평범한 이들이 길게 살아남는 방법

5장
혼자 산다는 것, 함께 산다는 것

앞으로 여러분이 살 10년은, 부모 세대와는 물론이거니와
그 이전의 10년과 매우 다를 것입니다.
따라서 인생을 함께할 파트너에 대해서도
훨씬 더 새로운 마인드를 가지고 있어야 합니다.
그 관계에서 가장 중요한 태도는 함께 같은 목표를 갖거나
상대의 성장을 기뻐하면서 적극적으로 자신들만의 관계를 쌓아가는 것입니다.

계속 혼자 살 수 있다고
생각해본 적 있는가

팔자를 고치려는 자와는 결혼하지 말라. 이는 학교가 할 일이다.

매 웨스트 배우

가끔 독자들과 함께 좌담회를 합니다. 어느 지방의 독자 좌담회에서 결혼에 관해 이야기했을 때 한 30대 여성이 이렇게 말했습니다.

"이 지역은 남성이 여성보다 훨씬 적습니다. 괜찮은 남자들은 도시의 대학으로 간 후 직장 생활을 하느라, 이곳으로 좀체 돌아오지 않으니까요."

혼자 산다는 것, 함께 산다는 것

반면 여성은 집에서 학교를 다니다가 그대로 이 지역에서 취직하는 사람이 많아 남성과 여성의 비율이 맞지 않는다는 겁니다. 그녀는 이런 말도 했습니다.

"지방에서 인기 있는 남성은 공무원이나 교사예요. 그런데 그렇게 직업도 괜찮고 성격도 괜찮은 남자들은 보면 이미 30대 초반에 다 결혼했더라고요. 그 나이가 넘어도 결혼을 못 한 사람은 그 나름의 이유가 있는 것 같고요."

그 말에서 결혼을 하고 싶지만, 결코 쉽지 않다고 느끼고 있음을 알 수 있었습니다. 확실한 통계를 낼 수 있는 문제는 아니지만, 이렇듯 '결혼하고 싶어도 하지 못하는 상황'이라고 느끼는 여성이 많은 것은 확실합니다. 제가 만난 30대 독신 여성의 대부분은 '그 나름의 이유' 같은 건 없어 보였습니다. 모두 총명하고 귀여웠습니다. 그리고 어느 정도 자유롭게 쓸 수 있는 시간과 돈이 있었습니다. 자신에게 필요한 문화 강좌를 듣고 여행을 하며 알차게 생활을 즐기고 있었습니다. 그런데 "지금 생활에 불만은 없어요. 하지만 불안하네요. 이대로 평생 독신으로 사는 건가 싶기도 하고……"라는 말을 하는 경우가 많습니다.

그런데 이런 말은 30대만 하는 게 아닙니다. 40대 혹은 50대의 독신 여성들도 많습니다. 그들도 자신의 상황을 당혹스러워합니다. "설마 이 나이가 되도록 독신으로 살게 될 줄은 생각도 못했어요. 40세가 되면 아이가 둘 정도는 있을 줄 알았거든요."

독신으로 살겠다고 결심한 것은 아니었는데, 문득 정신을 차리고 보니 아직도 독신이었다는 이야기입니다. 반대로 결혼한 여성들 중에는 이렇게 말하는 이들도 있습니다. "딱히 결혼하고 싶었던 것은 아니었어요. 어쩌다 보니 하게 됐지요." 그 말이 맞다고 생각합니다. 결혼 여부는 개인의 성격, 결혼을 하겠다는 의지가 특히 중요합니다. 하지만 의외로 결혼을 했느냐 안 했느냐는, 대체로 명확한 조건이나 개인의 강한 신념보다는 '어쩌다 보니'의 산물일지도 모릅니다.

분명한 것은 이전과 비교해서 결혼이 어려워졌다는 점입니다. 이건 사실입니다. 일본의 경우 현재 30~34세 여성의 미혼율은 34.5퍼센트입니다. 20년 전과 비교해서 약 20퍼센트나 늘었습니다. 현재 30대 전후의 여성이 50대가 될 2030년에는 평생 미혼율(50세 시점의 미혼율)이 22.6퍼센트로 4명 중 1명에 가까운 사람들이 독신일 것으로 예측됩니다(2010년 기준 한국의 30~34세 여성 미혼율은 29.1퍼센트이다─옮긴이).

이 통계를 보면, 지금의 20대와 30대 대부분은 '언젠가는 결혼하고 싶다'고 희망하지만 흐르는 대로 맡겨두면 결혼을 못 할 가능

혼자 산다는 것, 함께 산다는 것

성이 꽤 높은 것 같습니다.

'노인이 되어서도 계속 독신'이라는 것을 상상해본 적이 있습니까? 좀처럼 상상하기 어렵지요. 그것은 누군가와 같이 살아야겠다는 마음을 먹는 것과는 또 다른 문제입니다. 왜냐하면 우리는 대부분 독신에 대해서 막연한 불안을 가지고 있습니다. 그런데 이 불안에 대해 구체적으로 대책을 세워야겠다는 생각을 하기도 힘듭니다. 그러니 아예 문제 자체를 인지하지 못하는 상황이지요.

이렇게 된 이유 중 하나는 모범적인 독신자의 모습이 극히 드물기 때문입니다. 우리는 대부분 부모와 자식으로 구성된 가족 안에서 자랐습니다. 그중에는 어머니가 미혼인 채로 아이를 낳거나 부모가 이혼이나 사별을 한 경우도 있지만, '여성은 결혼해서 아이를 갖는다'라는 가족의 형태는 자연스럽게 뇌리에 박혀 있습니다.

또한 제가 어렸을 때는 주위에 결혼하지 않은 여성의 경우, 남성 이상의 사회적 지위를 얻고 있는 이들이 많았습니다. 교사, 고액 연봉자, CEO 등 극단적인 예가 많았습니다. 평범한 여성이 평범하게 독신인 채로 나이를 먹는 사례는 그리 많지 않았습니다.

또 다른 이유는 '노인이 되어서도 계속 독신'이라는 상태에 긍정적인 이미지를 갖기 어렵기 때문입니다. 현재 30대 중반 이상의 독신 여성들이 "혼자도 꽤 즐겁고 편해요!"라고 말해도, 옆에서 보는

10년 전을 사는 여자, 10년 후를 사는 여자

사람들은 이렇게 생각합니다. '역시 외롭지 않을까?', '의지할 사람이 없으면 불안하지 않겠어?' 등 어딘가 부정적인 시선을 갖습니다. 심지어 이제는 스스로를 독거노인, 고독사孤獨死 등의 단어를 써서 말하는 분위기까지 생겼지요.

그러니까 오늘날의 독신 여성들은 과거와 달리 결혼을 거부한 게 아니라, 어쩌다 보니 결혼을 안 한 경우가 많습니다. 그렇기 때문에 결혼을 못 할지도 모르겠다는 불안도 있고, '그렇다고 결혼을 꼭 해야 할까?'라는 회의도 듭니다. 그리고 결혼의 가능성이 전혀 없는 건 아니라서 '그래도 언젠가 결혼할 수 있지 않을까?'라며 낙관적으로 생각하고 말지요. 이렇듯 독신 여성들의 결혼관은 항상 '낙관'과 '비관'이 서로 섞인 상태라고 생각합니다. 그러니 평생 독신으로 살 가능성은 전혀 생각하지 않습니다. 그렇게 지내다가 어느 날 '이렇게 되어버리다니'라고 경악합니다. 위협을 하려고 이 이야기를 시작한 게 아닙니다.

저는 앞으로 '결혼 적령기'라는 말이 바뀌어야 한다고 생각합니다. 어떤 특정한 나이가 결혼하기 좋은 게 아니라, 평생이 결혼 적령기여야 한다는 말입니다. 만약 결혼을 하고 싶다면, 이를 위해 적극적으로 노력해야 합니다. 지금 나이가 다소 많다고 해서 소극적으로 행동하면 안 됩니다.

191

그런데 이 말은 한편으로 이러한 모순을 가지고 있습니다. 평생이 결혼 적령기라면, 평생 혼자 살 수도 있다는 뜻입니다. 즉, 결혼을 언제 하든 상관없다면 혼자 지내는 시간에 대해 잘 준비해야 한다는 말입니다.

비단 독신에게만 해당되는 말이 아닙니다. 결혼을 이미 한 사람이라도 언제나 혼자가 되는 시간이 올 수도 있다고 생각해야 합니다. 이혼이 늘어난 시대입니다. 결혼하더라도 다시 혼자가 될 가능성이 있습니다. 혼자서 아이를 키우게 될지도 모릅니다. 그리고 아무리 부부 사이가 원만하더라도 남편과 사별할 수도 있습니다. 물론 사별의 시기가 매우 늦을 수도 있지요. 여러분의 어머니를 생각해보세요. 평균적으로 여성이 남성보다 더 오래 사는 것을 감안하면 그분들도 언제든 '혼자 사는 여성'이 될 수 있습니다. 누구나 마지막에는 혼자가 될 가능성이 아주 큽니다.

이러한 가능성을 생각해보면 이 시대를 사는 사람들이라면 누구나 혼자서 살아갈 수 있도록, 열정을 바칠 만한 일을 가져야 합니다. 그리고 부모와의 관계, 노후의 자금 계획, 서로 도움을 줄 인간관계 등을 생각해두어야 하며 무엇보다도 자기 인생을 적극적으로 즐겨야 합니다.

나중에 다시 설명하겠지만, 경제적, 정신적으로 자립하는 것이 결혼으로 가는 지름길입니다. '의지가 되어주는 자신'을 만드는 것이 '의지할 사람'을 찾는 것보다 먼저입니다.

우리는 지금까지 없던 시대에 살고 있습니다. 새로운 독신의 형태가 생겼으며, 결혼의 형태도 다양해졌습니다. 멋진 생활을 누리는 독신 여성이 늘어나면 독신에 대한 부정적인 이미지가 사라지고 새로운 삶의 모범으로 추가될지도 모릅니다. 독신이기 때문에 쉽게 할 수 있는 일이 아주 많은 건 사실입니다. 대학이나 대학원에 진학하거나, 봉사 활동을 하거나, 여행을 가거나, 외국에서 근무하거나, 취미 생활을 적극적으로 누리는 등의 일들이 많아졌습니다. 물론 결혼한 후에도 가능한 일들이지만 독신인 편이 훨씬 더 편합니다.

저는 혼자 여행하던 도중에 그리스에 완전히 반해서 한 달여 넘게 그곳에서 머물렀던 적이 있습니다. 그곳에서 사람들도 많이 사귀었습니다. 이런 대담한 시도도 자신의 의지에 따라 즐길 수 있었던 것은 독신이었기 때문입니다.

따라서 이제는 더 이상 '언제 결혼할지도 모르고, 앞으로도 어떻게 될지 알 수 없고'라는 생각으로 결혼 예비군과 같은 대기 상태에 머물면 안 됩니다. 그렇게 아무것도 하지 않고 귀중한 시간을 보내기보다는 '이왕 혼자라면 이 상황을 충분히 즐겨보자!'라고 생각하

혼자 산다는 것, 함께 산다는 것

면서 다양한 곳에 나가 여러 사람을 만나고 여러 일을 과감히 도전해보는 것이 더 낫습니다.

하고 싶은 일이 있다면 미루지 마세요. 10년 전을 사는 사람과 10년 후를 사는 사람은 이런 점에서도 다릅니다. 앞으로의 인생이 매우 길다는 점을 떠올린다면, 지금 내가 새로운 일에 도전한다고 해도 결코 낭비가 아님을 알 수 있습니다. 오히려 지금 나를 위해서 투자를 해두어야 나중에 큰 도움이 될 거라는 생각도 들 것입니다.

그런 점에서 여자들은 언제나 현재를 너무 아낍니다. 그러지 말아야 합니다. 특히 결혼에 대한 문제라면 더욱 그렇습니다. 결혼 여부와 상관없이 고정관념이나 세상의 평가에 휘둘리지 말고, 상상력을 왕성하게 발휘해서 다양한 가능성을 긍정적으로 생각해야 합니다. 어쩌다 보니 가게 된 길이라도 자신이 선택한 길이라는 점은 확실하니까요. ◇

결혼하기가
왜
어려울까

여러분이 직장에서 경력을 쌓을 때 고려해야 할 가장 중요한 것은
결혼할 것인가 말 것인가의 문제가 아니라 어떤 사람과 결혼할 것인가 하는 점입니다.
살면서 반드시 뒤따르는 어려움과 즐거움을 기꺼이 함께 나눌 준비가 된 사람을
선택해야만 여러분이 발전할 수 있습니다.

셰릴 샌드버그 기업인

요즘 결혼하지 않는 남녀가 늘어나는 것은 시대의 흐름입니다. 개인이 아무리 노력해도 바꿀 수 없는 일이지요. 저는 두 손 들어 찬성까지는 아니지만, 그것은 그것대로 좋다고 생각합니다. 왜냐하면 인간은 일부러 불행을 선택하지는 않기 때문입니다. 그러니 결혼하지 않는 것은 이 시대를 사는 사람들에게 가장 나은 선택이었

195

을 겁니다. 그런데 결혼을 거부하는 건 아니지만, 기존의 결혼 방식은 택하고 싶지 않을 수도 있습니다. 답답하지요. 그렇다면 방법은 있습니다.

우선은 결혼에 대한 기존의 모범 답안에 묶이지 않아야 합니다. 종래의 결혼 형태에 얽매이지 말고, 자신만의 결혼 형태를 찾는 겁니다. 이미 사실혼, 별거혼, 자녀를 두지 않는 딩크족, 일하는 아내와 전업주부 남편 등 다양한 형태가 생겨나고 있습니다. 제 주변만 해도 다양한 사람들을 만나볼 수 있습니다.

"벌써 5년째 함께 사는 사실혼 관계예요. 둘 다 혼인신고를 할 마음은 전혀 없어요. 아이도 필요 없고요. 지금 상태가 가장 좋아요."

"남편은 10년 전에 전 부인과 사별했고, 저와는 6년 전에 결혼했어요. 남편은 지금 다섯 살과 두 살짜리 아이의 육아를 책임지고 있어요. 저도 일하고 있기 때문에 그런 남편이 아주 고마워요."

"둘 다 일을 그만두고 싶지 않아서 400킬로미터나 떨어져서 따로 사는 주말 부부입니다. 저는 친정에서 살고 있어 일과 육아를 양립할 수 있었어요. 아들이 벌써 초등학교 들어갈 나이가 됐어요."

"결혼해서 바로 유학을 갔어요. 저의 꿈이었거든요. 남편이 지원해줬습니다. 운이 좋았죠. 박사 논문을 쓰는 동안 임신해서 출산한

10년 전을 사는 여자, 10년 후를 사는 여자

후, 두 달 있다가 다시 나갔습니다. 아기는 부모님에게 부탁하고 무사히 졸업했습니다."

"아이 둘은 미국으로 유학을 보내고 남편도 보호자로 함께 갔어요. 제가 일을 해서 돈을 보내고 있어요. 아이 교육과 생계를 위해서 최고의 선택이었다고 생각해요."

이 사람들의 특징은 자기 삶의 방식을 고수하고 있다는 점입니다. 그리고 의외로 이런 사람들일수록 가족, 배우자와 사이가 좋은 것이 특징이지요. 왜냐하면 자신이 하고 싶은 것을 할 수 있다는 만족감이 있기 때문에 남편과 아이에게 감사하다는 말을 항상 합니다.

어떤 결혼 형태라도 결혼은 결혼이며, 어떤 가족 형태라도 가족은 가족입니다. 물론 다른 사람들과 비슷하고 누가 봐도 평범한 삶을 살고 싶어 하는, '평범한 인생'을 지향하는 문화가 아직 뿌리 깊게 남아 있습니다. 평범하게 자라서, 평범한 사람과 결혼해서, 아이가 생기면 일을 그만두고 육아에 전념하고……. 이러한 삶이 보통의 삶이라 생각합니다. 다양한 삶의 방식이 있다는 것은 알지만, 자신이 그렇게 살고 싶다고는 생각하지 않습니다. 보통의 삶과 다른 방식은 특수하게 여기며 그 이해도도 아직 낮습니다.

혼자 산다는 것, 함께 산다는 것

하지만 우리를 둘러싼 환경이 다양해졌기 때문에 결과적으로 새로운 생활 방식과 유형이 출현하고 있는 셈입니다. 특히 여성이 자기 일을 계속하고 싶을 때는 상대와 타협을 해야 합니다. 상대를 중심으로 생각하면 자신의 길과 결혼 중에 하나를 포기하는, 양자택일을 해야 할 때가 많습니다.

하지만 어느 쪽도 포기하지 않는 새로운 방법도 있다는 생각을 했으면 좋겠습니다. 혼인신고에 거부감이 있다면 사실혼도 좋습니다. 전근을 가야 하는데 둘 다 일을 계속하고 싶다면 별거혼이나 주말부부도 좋습니다. 이렇게 유연하게 생각해보면 한 걸음 더 이견을 좁힐 수 있지 않을까요?

결혼하기 어렵다고 생각하는 현상의 배경에 대해 좀 더 구체적으로 생각해봅시다. 결혼하지 않는 여성이 늘어난 건, 결혼을 거부하는 여성이 많아졌고 여성 사회 진출이 활발해졌기 때문이라는 설이 있습니다. 하지만 그것은 근본적인 원인이 아닙니다. 결혼하기 어려워진 상황은 '일하기 어려워진 상황'과 마찬가지입니다. 개인의 자유는 확대되었으나 과거의 관습은 남아 있습니다. 그렇기 때문에 결혼이 어려운 겁니다.

과거에는 결혼의 상대를 찾는 것도 지금에 비하면 어느 정도의 틀이 있었습니다. 학교, 가족, 회사 등 인맥의 범위에서 만나게 되고, 남성은 그 한정된 커뮤니티 속에서 여성을 선택하고, 여성은 '승낙과 거절' 둘 중 하나를 결정했습니다. 지금은 결혼을 계획하고 100명 이상의 남성과 선을 봐도 결정을 못 하는 사람도 있습니다. 예전에는 '엇비슷한 상대'라는 틀이 있었다면, 이제는 삶의 형태가 매우 다양해졌기 때문에 오히려 선택하기 어려운 것입니다. 게다가 나는 '이 사람이 좋겠어'라고 생각하더라도 상대의 의사는 어떤지 알 수 없습니다.

독신을 유지하는 이유 중 가장 많은 것이 '적당한 상대를 만나지 못해서'라고 합니다. 이때의 '적당'은 '대충'이라는 의미가 아니라 '자신의 조건에 잘 들어맞는'이라는 의미입니다. 그런데 앞으로 더욱더 자신의 사정에 딱 들어맞는 상대란 없어질 것입니다. 독신 남녀에게서 "보통 사람이면 되는데, 그런 사람이 좀처럼 없어요"라는 소리를 자주 듣습니다. 학력도 보통, 용모도 보통, 직장도 보통, 수입도 보통, 성격도 보통, 마치 성적표 전체를 '보통'으로 채운 것과 같은 남성이 있을 리 없습니다. '보통'이라는 기준 자체도 모호합니다. 무엇을 '보통'이라고 말할 수 있을까요? 보통 사람은 어디에도 없습니다.

자기 기준을 중심으로 생각하면, 누구나 장단점이 있어서 결정하기 어렵습니다. 그것은 자신에게도 상대에게도 마찬가지입니다.

혼자 산다는 것, 함께 산다는 것

여성이 가장 중요하게 생각하는 조건은 '자신이 좋아할 수 있는 상대'이며, '생활에 어려움이 없을 정도의 경제력이 있는 상대'입니다. 즉, '연애 감정'과 '경제력' 이렇게 2가지 조건을 채워주는 상대입니다. 그런데 남성이 부양해주길 원하는 여성들과 상대를 부양하지 못하거나 부양하고 싶지 않다고 생각하는 남성들과의 골은 깊어만 갑니다. 이것이 지금의 현상입니다.

서구의 여러 나라에서는 부부의 맞벌이가 기본적인 상식이고, 부부가 되어도 경제적인 부분은 따로따로 유지합니다. 이혼을 할 수 있다는 생각도 너무나 당연하게 여깁니다. 그러한 문화에서는 '연애 감정'이 더 중요시됩니다. 따라서 남성이 여성보다 경제적인 조건이 좋지 않다 하더라도 여성은 남성에게 매력을 느낄 수 있고, 마음 편한 생활을 누릴 수 있는 상대라면 거리낌없이 결혼 상대로 선택할 수 있습니다. 반면 남성들이 주로 경제적 활동에 참여하는 문화에서는 '경제력'이 중요합니다. 특히 부모와 친척 등 '혈통 사회'의 결속력이 강해서 가족을 돌봐야 할 의무감이 큰 문화일수록 경제적 조건이 우선시됩니다.

그런데 '연애 감정'과 '경제력' 모두를 원하면, 정말 결혼이 쉽지 않습니다. 2가지 모두 뛰어넘어야 할 장애물이 높고, 그에 더해 길고 긴 불황 때문에 '안정성'을 원하는 경향이 강해졌습니다. 당연히

10년 전을 사는 여자, 10년 후를 사는 여자

원하고 바라는 상대는 찾지 못하고 '적당히 결혼할 바에야 우선은 혼자 살지 뭐. 당장 결혼할 필요도 없으니까'라며 직면한 문제를 보류합니다. 그래서 결혼이 늦어지고, 아예 결혼하지 않는 비혼도 점점 늘어갑니다.

결국에는 '왜 결혼을 해야만 하는가?'라는 의문에 다다릅니다. 이제 결혼은 인생의 '필수 조건'에서 '옵션'으로 바뀌었다고 봐도 좋지 않을까요?

특히 부모님 집에 얹혀 지내며 경제적인 여유를 누리는 패러사이트 싱글parasite single (경제적 독립을 하지 못한 20대 중후반, 30대 초반의 독신자, 혹은 잠재적 독신자를 일컫는 일본의 유행어. 대부분 일정한 직업이 없거나 부모의 경제력에 의지하여 살고 있는 사람을 말한다—옮긴이)들에게 경제적인 조건이 낮은 상대와의 결혼은 리스크가 큽니다. 결혼을 하고 싶어 숱하게 남자를 소개받았던 한 여성이 이런 말을 했습니다.

"결혼은 한 번밖에 선택할 수 없는 회전 초밥 같아요. 그럭저럭 좋은 초밥이 돌고 있어도 나중에 좀 더 좋은 초밥이 나올지도 모른다고 생각하면 선택을 못 하겠어요. 하지만 나중에는 남들이 고르지 않아 남은 것만 돌아올 가능성도 있어서 더 고민돼요. 선택한 사람들은 용기가 대단한 것 같아요."

남성을 초밥으로 비유하는 것은 실례일지도 모르지만, 솔직하다는 생각이 들었습니다. 이런 상황 속에서 결혼하려면 어떻게 해야 할까요? 이 상황을 해결할 방법은 다음 4가지입니다.

1. 결혼에 대한 기존의 모범 답안에 얽매이지 말아야 합니다.
2. 자신이 진정 원하는 조건이 무엇인지 알아야 합니다.
3. 상대를 현재의 가치로 평가하지 말아야 합니다.
4. 여성도 일할 각오를 해야 합니다.

1번에서 대해서는 앞에서 설명했습니다. 2번에서 자신이 '진정 원하는 조건'이 무엇인가에 대해 솔직해지면 의외로 답은 간단히 나올지도 모릅니다. 다른 사람들이 보기에도 번듯하고, 나라는 개인에게도 좋은 사람은 없습니다. 그렇게 생각하면 답은 더욱 간단해질 수 있습니다. 무엇보다 저는 3번이 중요하다고 생각합니다. 남성에게 가능성이 있다고 생각하고 완전히 새로운 상태에서 상대를 보면 새로운 발견을 할 수 있습니다. 자신의 틀에 상대를 끼워 맞추려고 하기보다는 상대의 장점에 눈을 돌리는 것이 중요합니다. 특히 여성들은 자신의 처지는 수없이 변화할 수 있다고 생각하면서, 배우자의 상황은 안정적이길 원합니다. 이 말은 지금 안정적이지 않은 상대의 진짜 가치를 잘 발견하지 못한다는 뜻입니다. 지금 상황은 좋지 않더라도 가능성이 있는 남성은 있습니다.

지금 연봉이 높은 남성이라도 앞으로 구조 조정 대상이 되어 직장을 잃을지도 모르며 어쩌면 수입이 줄어들 수도 있습니다. 회사의 지명도나 연봉, 학력 등의 조건보다는 밝고 상냥하며 유머가 넘치는 등 내면의 자산이 더 높은 사람이 앞으로 더 큰 성과를 이룰 수도 있습니다.

그리고 여성만 남성에게서 도움을 받는 것이 아닙니다. 자신과 잘 맞는 여성을 만나 정신적 지지를 얻으면서 일과 생활에서 능력을 발휘하기 시작하는 남성들을 많이 봐왔습니다. '좋은 상대'를 찾는 일은 '좋은 직장'을 찾는 일과 비슷한 면이 있어서 자신의 상황에 딱 들어맞는 상대를 찾는 것은 어렵습니다. 하지만 서로를 만나면서 마음 편한 상태를 만들어주는 것은 가능합니다. 그렇게만 할 수 있다면 '좋은 상대'와 '좋은 직장'이 되어갑니다. 신기하게도 말이지요. ◇

혼자 산다는 것, 함께 산다는 것

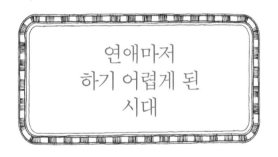

연애마저
하기 어렵게 된
시대

누군가를 사랑한다는 것은 그들이 자신의 모습을 되찾을 수 있도록 돕는 것이다.
비록 변함이 없고 자신이 바라던 그들의 존재와 다를지라도.

멀 샤인 저술가

결혼하기 어려워진 상황을 거론할 때, 1가지 더 생각해야만 하는 주제가 있습니다. 결혼에 이르기 전에 '연애' 자체가 하기 어려워진 것 같다는 생각입니다. 가장 연애가 즐거울 20대 남녀들이 '솔로'로 지내는 경우가 많아졌습니다. 연애에 대한 열의도 동경도 시들어버린 것처럼 느껴집니다.

10년 전을 사는 여자, 10년 후를 사는 여자

주변에도 외모도 괜찮고 일도 의욕적으로 하는 남성과 여성이 "누구 괜찮은 사람 없어요?" 혹은 "그렇게 까다로운 편이 아닌데 애인이 없네요"라는 말을 합니다.

통계에 의하면 18~34세 미혼 남성의 60퍼센트, 미혼 여성의 50퍼센트는 교제 상대가 없으며, 각각 과반수에 가까운 숫자가 '교제를 원하지 않는다'고 답했습니다(2014년 한국의 결혼정보업체 '듀오'에서 20, 30대 1000명을 대상으로 설문 조사한 결과, 이성 교제 경험이 없는 남녀는 11.5퍼센트다—옮긴이).

이것은 다른 나라와 비교해도, 과거와 비교해도 놀랄 만한 숫자입니다. 특히 남성들은 "연애를 굳이 하고 싶진 않아요. 그래도 나중에 결혼은 하고 싶어요"라는 모순된 말을 하기도 합니다. '연애하다가 결혼'으로 골인하는 것이 아니라 '결혼이 필요해서 연애'를 하는 것처럼 생각됩니다.

이제 연애하고 싶은 욕구나 연애를 즐기는 문화가 사라져가는 것 같습니다. 사회 전체적으로 연애 문화가 성숙하지 않으면 결혼하지 않는 사람은 더욱 늘어납니다. 왜 젊은이들이 더는 연애를 하지 않게 되었을까요?

잘 알고 지내는 25세의 남성에게 물어보니 "가장 큰 이유는 돈이 없기 때문이에요. 그리고 바쁘고 귀찮아요"라는 대답을 하더군요.

205

이것은 연애가 '돈, 시간, 성의'를 쏟아서까지 할 가치가 없다는 소리와 같습니다. 전부는 아니겠지만 많은 젊은이들의 생각을 대변하는 말이라는 생각이 들었습니다.

우선은 '돈이 없다'는 경제적인 문제는, 불황이 만연한 이 시대에는 남성만의 문제가 아닙니다. 데이트 비용을 함께 부담하게 된 여성에게도 큰 문제입니다. 연인이 데이트를 하다 보면 외식, 선물 구입, 여행 등으로 일단 돈이 듭니다.

"별로 좋아하지도 않는 사람에게 뭔가 해주기 싫습니다"라는 남성도 있습니다. 그러니 경제적 여유가 없는 상태에서 데이트를 계속하기란 어렵습니다. 고급스러운 데이트 코스나 비싼 크리스마스 선물 등에 대한 동경으로 연애하던 시대는 아주 먼 옛날이야기가 되었습니다. 어쩌면 연애는 돈이 드는 '오락'이 되어버렸는지도 모릅니다.

다음으로 '바쁘다'는 시간적 문제입니다. 평일은 늦게까지 일해야 하니 실컷 잠을 자거나 좋아하는 일을 할 수 있는 날은 휴일밖에 없는 상황에서, 데이트를 위해 시간을 쪼갠다는 건 역시 내키지 않는 일입니다. 한 20대 여성에게 "결혼을 생각하지 않는 사람과는 만나고 싶지 않아요. 시간이 아까울 뿐이에요"라는 이야기를 들은 적이 있습니다. 그런 무모한 일로 시간을 쓰고 싶지 않겠지요.

206

하지만 연애에 대해 그렇게까지 몸을 사릴 필요는 없다고 생각합니다. 왜 그런 사회가 되었는지, 그 이유를 분석하고 싶지는 않습니다. 그렇다고 연애를 꼭 해야 한다고 주장하고 싶지도 않습니다. 하지만 중요한 것은 그런 마음속에는 자신에 대한 부정적인 생각이 들어가 있다는 점입니다.

젊을 때는 돈도 시간도 없습니다. 언제나 멋진 옷을 입고, 맛있는 것을 먹을 수는 없습니다. 그런데 마치 그렇게 데이트를 하지 않으면, 자신이 뭔가 초라해진 것 같은 기분을 느끼는 게 문제입니다.

또 하나는 뭔가 '이벤트'가 없으면 연애하는 것 같지 않다고 느끼는 문화가 더 강해지고 있기 때문입니다. 연애라고 해서 뭔가 특별히 일상과 다른 게 아닙니다. 연애라는 건, 좋아하는 사람이 생겼다는 것 이상도 이하도 아닙니다. 커피를 마시며 오랫동안 이야기하기만 해도 좋은 게 연애여야 합니다. 간혹 여행도 갈 수 있고, 영화도 보고, 멋진 레스토랑에 갈 수도 있겠지요. 하지만 그건 정말 이벤트인 것이지, 연애의 일상은 아닙니다.

그다음으로는 '귀찮다'는 정신적인 문제입니다. 저는 사실 이것이 가장 큰 문제가 아닐까 생각합니다. 연애란 일견 쓸모없어 보이는 부분이 많고 생각대로 되지 않는 귀찮은 일입니다. 첫인상으로 설레는 감정이 시작되고 '상대가 나를 어떻게 생각할지'를 탐색합니다. 상대를 알기 위해 몇 번이고 만납니다. 그 과정에서 작은 의견 차이로 싸우기도 합니다. 그리고 또 화해하고, 또 싸우는 일들이 반복됩니다. 처음 만날 때처럼 강렬한 감정은 곧 사라집니다. 그러면 '계속 만나야 하나?'라는 회의가 바로 듭니다.

그러나 연애는 감정이 아니라 관계입니다. 귀찮은 밀고 당기기를 해야 하고, 특별히 설레지 않아도 계속 만남을 유지하며 그 속에서 기쁨과 행복을 느낄 수 있어야 합니다. 하지만 이런 일에는 반드시 에너지가 필요합니다. 그리고 그 에너지는 의식적으로 노력해야 만들어집니다.

만약 상대에게 완전히 반해버린 사람이라면 좋아하는 감정이 너무나 강렬해서, 그 기세로 연애를 가로막는 온갖 장애를 뛰어넘을 수 있습니다. 그런 사람은 돈과 시간의 여유가 없어도 우선은 만나기 위해 노력합니다.

여기서 이렇게 물을 수 있습니다. "그 좋아하는 마음이 나만 있으면 어떻게 하지요?" 그렇습니다. 좋아하는 마음을 상대에게 정면으로 고백하다 보면 상처를 입기도 합니다. 그리고 그런 '상처'가 주는 리스크는 현대의 젊은이만이 아니라 나이가 지긋한 사람에게도 생각보다 크게 느껴질지도 모릅니다. 얼마 전 30대의 R씨가 연애 상담을 해왔습니다.

10년 전을 사는 여자, 10년 후를 사는 여자

"6개월 동안 매일 밤 전화를 걸어오는 사람이 있는데요. 그는 저를 어떻게 생각하는지 모르겠어요. 매일 그냥 세상 돌아가는 얘기나 하고 주말에 만나도 차를 마시는 게 다예요. 좀처럼 연애까지 진도가 나가질 않아요."

"사귀자고 말해보지 그랬어?"라고 물으니 이런 대답을 하더군요.

"거절당하는 것이 무서워요. 그러다 친구 관계마저 깨질 것 같아서요."

이 친구처럼 사귀는 건지도 알 수 없고 결혼 상대로 생각하는지 어떤지도 모르는 불확실한 만남 때문에 초조한 마음으로 지내는 여성들이 적지 않습니다.

분명히 남녀 관계이긴 한데, 그렇다고 애인이라고 부를 수도 없는 관계. 이러한 관계들이 점점 더 많아진다는 느낌이 듭니다. 그것은 내가 상처받고 싶지 않다는 생각이 점점 더 강해지고 있기 때문입니다. 연애는 상처를 받고 고치는 과정을 겪어야 하는 일입니다. 그런데 상처는 고사하고, 기본적인 의무도 지지 않으려는 이들이 많습니다.

최근에 인터넷을 이용한 다양한 종류의 만남들이 늘어났습니다. 또는 동호회 같은 커뮤니티도 많이 생겨났습니다. 그 속에서 많은 남녀들이 서로 만나게 됩니다. 그리고 비슷한 처지와 비슷한 고민

혼자 산다는 것, 함께 산다는 것

을 나누며 가까워집니다. 그러나 그 정도에서 외로움을 달래는 것으로 만족하는 이들도 많습니다. 본격적으로 누군가를 사귈 용기는 없지만, 당장의 외로움이 어느 정도 해소되면 만족하는 것이지요.

연애를 하지 않아도 좋다고 생각하는 이들에게 하는 편이 좋다고 강요하지는 못하겠습니다. 연애가 아니더라도 자기가 좋아하고 몰두할 수 있는 다른 일이 있다면, 그것도 좋다고 생각합니다. 연애를 꼭 해야 하는 것은 아니지요.

그래도 만일 당신이 누군가와 사귀고 싶거나 연애를 하고 싶다면 무엇보다 에너지가 있어야 합니다. 그런 에너지를 만드는 데 '결혼'이 부담으로 작용한다면, 일단 결혼은 나중으로 돌려놓으세요.

우선은 다양한 사람과 만나고 싶다는 마음으로 활동의 장을 넓히고 인간관계부터 소중히 만들어가야 합니다. 그러는 중에 좋은 느낌이 들면서 연애 감정이 생기는 사람이 나타날지도 모릅니다. 너무 복잡하게 생각하지 말고 짝사랑도 포함해서 연애 그 자체를 즐기면 됩니다. 가끔은 여성이 적극적으로 다가서는 것도 좋습니다.

한 20대 여성이 술자리에서 남성들에게 불쑥 이렇게 질문했습니다.

"여러분은 젊었을 때, 처음 본 여자에게 말을 걸어본 적이 있나요?"

그 자리에 있던 30대 전후의 남성 셋 모두 고개를 옆으로 저으며 없다고 했습니다.

"저는 있거든요. 멋진 사람이 있어서 차라도 한잔 마시자고 말을 걸었어요. 차만 마시고 끝났지만요."

남성들은 용기 있다며 그 여성을 존경스럽게 쳐다봤습니다. 여성이 어떻게 먼저 마음을 표현하느냐고 반응한 사람은 아무도 없었습니다. 이렇듯 여성들만 용기가 없는 게 아닙니다. 남성들도 여성들에게 말을 걸기가 쉬운 게 아닙니다. 그러니 저 남성이 나에게 관심이 없다고 단정 짓기 전에, 그 사람에게 용기가 없는 게 아닐까 확인해보는 것도 좋은 일입니다. 반응이 느리고 소극적인 남성이라도 사랑받고 있다는 자신감을 얻으면 언젠가부터 갑자기 적극적으로 바뀌는 일도 있습니다. 누군가가 좋아해주길 바라기보다는 우선 자신이 먼저 좋아하는 감성을 키우는 게 중요합니다.

연애하기 어려워진 현상도 역시 '극심한 개인화'의 영향이라고 생각합니다. 나 자신이 제일 중요하고, 나 중심으로 판단하고, 나 중심으로 커뮤니케이션을 하는 사회에서는 연애하기가 쉽지 않습니다. 그래서 예전처럼 여성은 여성다워야 하고, 남성은 남성다워야 한다는 식의 사고가 많이 사라졌습니다.

30대 여성인 S씨는 규모가 큰 지방은행의 영업 부서에서 일하고 있습니다. 벌써 경력이 10여 년간 쌓여 고객과의 문제도 경험이 많고 상사에게 자기 의견을 개진하는 데도 적극적인 S씨는 자기 분야에서만큼은 베테랑 소리를 듣습니다. 그런 S씨가 결혼 상대를 찾는 일은 되레 쉽지 않았다고 합니다.

"데이트할 때도 자꾸만 일 얘기가 나오게 되더군요. 그런데 요즘 남자들은 오히려 저보다 더 약한 것 같습니다. 그들은 회사에 대해 불평만 하더군요. 그런 말을 듣고 있으면 '당신이 좀 더 제대로 일하면 돼!' 라고 말해주고 싶어져요."

적극적이고 책임감 강한 S씨는 자신에 비해 상대적으로 남성이 약해 보인다고 했습니다. 한편으로 남성은 남성대로 여성에게 여성스러운 외모와 상냥함, 그리고 섬세한 배려 등 '여성스러움'을 원합니다. "여자와는 일 이야기를 하고 싶지 않습니다"라는 남자들도 꽤 있습니다.

요즘은 남성들도 일보다 취미나 생활을 더 소중히 생각하는 사람이 많아졌습니다. 그중에는 패션이나 피부 관리에 관심이 있는 사람도 있고, 회사로 자신이 만든 음식을 가지고 오는 사람도 있습니다. 지금까지 여성의 영역이었던 분야에서 크게 활약하는 사람

10년 전을 사는 여자, 10년 후를 사는 여자

도 많습니다. 이처럼 사회에서는 성별의 장벽이 무너지고 있는데, 연애 관계에서는 여전히 여성의 역할, 남성의 역할을 기대한다면 연애가 쉽지 않습니다.

여기서 제가 이야기하고 싶은 문제 중의 하나는 바로 '일하는 여성들의 남성화'에 대한 것입니다. 일본에서는 직장에서 여성이 '여자'로 보여서는 안 된다는 분위기가 있습니다. 여성들이 일터에서 자신의 여성미를 과시하는 옷을 입거나 개성 강한 헤어스타일을 하면, 멋있어 보인다는 이들도 물론 있지만 좋지 않은 시선으로 보는 문화가 아직까지 더 강합니다. 성격도 마찬가지지요. 열정이 강하고 감정적인 성향을 좋지 않게 보는 문화도 강합니다. 뭔가 과묵하고 무거워야 능력이 있다고 생각하는 것이지요.

즉, '일하기에 너무 여성스럽다'라는 이상한 편견이 있습니다. 그 때문에 직장을 다니면서 자신의 개성을 죽이는 여성들이 많습니다. 이러한 문화는 과거에 비해서 많이 없어지고 있는 편입니다. 하지만 그렇다고 해도 막상 여성이 직장에서 리더가 되거나, 승진을 하거나, 중요한 프로젝트를 맡고자 할 때는, 그런 여성미 강한 사람들을 마치 '능력이 부족한 것'처럼 보는 시선이 있습니다.

이러한 분위기 때문에 일을 열심히 하다가 자신의 감정마저 누르는 게 습관이 되어버릴 수 있습니다. 그러나 길게 보면 이 같은

혼자 산다는 것, 함께 산다는 것

습관은 일하는 데 있어서도 좋지 않습니다. 연애도 인간관계도 일도, 다양한 경험을 해야 합니다. 어떤 사람과도 감정이 싹틀 수 있다는 게 연애의 핵심입니다. 다양한 사람에게 흥미를 느끼고, 어떤 관계에서도 좋은 점을 발견할 수 있어야 합니다. 그래야 연애 감정도 자연스럽게 생기고, 무엇보다 끊이지 않고 생겨날 수 있습니다.

결혼하기 좋은 '적령기'란 없다고 말했듯이, 연애도 마찬가지입니다. 누군가를 좋아하는 마음이 어떤 시기에만 더 강하면 안 됩니다. 언제나 사람에 대한 호기심과 에너지가 충만할 수 있도록 스스로를 잘 가꾸어야 합니다. ◇

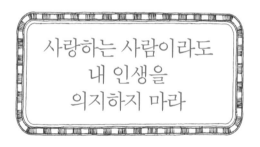

사랑하는 사람이라도
내 인생을
의지하지 마라

용기를 가지고 사십시오. 안전만을 좇지 마십시오.
위험을, 그리고 책임을 받아들이라는 것입니다.
다른 누군가가 당신 대신 당신의 미래를 결정하도록 내버려두지 마십시오.
기회가 알아서 당신의 방문을 두드리기를 기다리지 마십시오.
마이클 블룸버그 기업인

최근 제 주변의 여성들이 40세를 막 넘자마자 갑자기 우르르 결혼하는 폭주가 일어났습니다. "이제 아이를 낳기는 좀 어려울 것 같고, 혼자서 어떻게든 살아봐야지" 같은 말을 하던 사람들인데 말입니다. 그런데 이렇게 말하자마자 상대를 찾아서 결혼까지 결정했다고 하네요. 그들의 결혼을 보면 연상이나 연하로 나이 차이가 아

혼자 산다는 것, 함께 산다는 것

수 벌어진 결혼부터, 국제결혼, 주말부부 등 형태가 각양각색입니다. 그녀들은 40대가 되기 전까지만 해도 결혼을 해야 하는지 말아야 하는지 고민하며, 상대를 애타게 찾아도 찾지 못했던 사람들입니다. 그런데 왜 40대가 되자 그렇게 결혼을 할 수 있었을까요? 그 이유를 들어보면 이제까지 자기가 정해두었던 어떤 기준에서 벗어났기 때문이라고 합니다.

그 기준이라는 게 그리 거창한 건 아닙니다. 아주 기본적으로는 상대방이 미혼이어야 한다는 것도 기준이라 할 수 있습니다. 그런데 그런 기준에서 벗어나자 의외의 인연이 생겨났습니다.

한 친구는 3살짜리 아들을 둔 싱글 파파와 결혼을 했습니다. 그녀는 아주 기뻐하며 이렇게 말했습니다.

"이 나이가 돼서 아이를 가지게 될 줄은 생각도 못 했어. 이런 멋진 선택이 있을 줄 누가 알았겠어? 앞으로 유치원도 보내고 초등학교 입학식도 가야지. 엄마가 될 수 있어서 즐거워. 지금은 어린이집에 보내고 있는데, 내가 아침마다 데려다 주고 있어."

그녀의 형제 셋도 모두 독신인데, 부모님도 형제들도 "우리 집에 아이가 오다니! 떠들썩하니 정말 좋구나"라며 그 결혼을 환영해주었다고 합니다. 이렇게 한쪽은 재혼이고 한쪽은 초혼인 커플들도 예전에 비해 많이 늘어나고 있습니다. 그야말로 '평생 결혼 적령

216

기'의 시대가 시작되었다고 할 수 있습니다.

저는 그녀들이 기존에 가지고 있었던 기준 중에서 가장 큰 것이 경제적인 문제라고 생각합니다. 나이가 어릴수록 남자에게서 경제력을 기대하는 수준이 더 높습니다. 20대의 여성들 중에는 "빨리 남자 친구와 결혼해서 회사 일에 신경 쓰지 않고 살고 싶어요", "여기 말고 좀 더 좋은 남자를 만날 수 있는 곳에서 일하고 싶어요"라고 말하는 이들도 많습니다. 자신의 미래에 대한 희망은 없고 결혼을 통해 새로운 희망을 찾고 싶다는 심정은 저도 잘 압니다. 하지만 현실은 그렇게 호락호락하지 않다는 데 문제가 있습니다.

'부양을 원하는 여성'의 기대와 달리, '부양을 할 수 없는 남성'이 늘고 있습니다. 일반 기업에서 일하는 30대 전반의 남성 평균 연봉은 434만 엔(2011년, 국세청 조사)입니다. 이것은 어디까지나 '평균'입니다. 실제로 남성 연봉은 300만 엔대의 비율이 가장 많고 연봉이 앞으로 별로 늘지 않을 가능성도 있습니다. 그에 비해서 한 인터넷 설문조사에 의하면 약 70퍼센트의 여성이 이상적으로 생각하는 남성의 연봉을 500만 엔 이상, 약 50퍼센트 이상이 600만 엔 이상이라고 답했습니다(한국에서는 포털 사이트 '네이버' 조사 결과 30대 남성 평균 연봉은 3,761만원이며, 결혼정보업체 '듀오'에 의하면 여성이 배우자에게 기대하는 연소득 평균값은 5,083만 원이라고 한다—옮긴이).

217

어차피 '이상'이기 때문에 평균 이상을 원하는 마음을 고려하더라도 현실과는 큰 차이가 있습니다. 하지만 의존형 여성을 멀리하는 것은 저소득과 중간 소득의 남성만이 아닙니다. 소득이 높은 남성이라도 미래를 생각하면, 직업 없는 여성을 배우자로 맞이하는 것에 대한 저항감이 적지 않습니다. 예전에는 고소득층의 아내는 거의 전업주부였지만, 요즘은 부부가 같은 대학 출신에 같은 직장을 다니는 등 같은 그룹에 속한 고소득자끼리의 결혼이 많아졌습니다.

반면 20대에 빨리 결혼하는 이들도 늘고 있습니다. 이들은 서로의 소득 수준이나 직업과 상관없이, 결혼을 일찍 하고 아이도 일찍 갖습니다. 문제는 그 중간쯤에 있는 사람들입니다. 이들이 가장 결혼하기 어려운 경우입니다. 한쪽은 부양해주길 원하지만 다른 한쪽은 부양할 능력이 없는, 이상이 서로 어긋나는 층입니다.

이 같은 상황은 당분간 달라질 조짐이 보이지 않습니다. 앞으로 결혼에 필요한 것은 '경제적 자립이 가능한 아내'와 '생활의 자립이 가능한 남편'입니다. 그리고 서로에 대한 '정신적 자립'도 중요합니다.

우리가 사는 시대는 과도기가 분명합니다. 이런 시기는 혼란과 갈등이 생기기 쉽습니다. 서로 이해하고 타협하려면 정신적 성숙과 소통 능력이 필요하다는 것을 마음에 새겨둬야 합니다. 또한 서로 경제적, 생활적 자립이 가능해지고 나면, 서로를 이어주는 끈으로서 애정과 존경, 존중과 같은 정서적인 면이 중요해집니다.

가족은 애정 없이 성립될 수 없습니다. 예전에는 정서적인 면이 부족해도 의존적인 관계로 맺어져 있었기 때문에 부부나 가족이 헤어지는 것은 쉬운 일이 아니었습니다. 하지만 이제는 각각 '혼자서도 살 수 있는 상태'가 많아졌기 때문에 그만큼 풀어지는 것도 예전보다 간단해졌습니다. 뒤집어 생각하면 이것은 어쩌면 정신적인 끈을 소중히 만들어갈 기회이기도 합니다.

요즘은 젊은 사람들 중에서도 가정을 소중히 여기는 이들이 많아졌습니다. 부모 세대에 비해서 아이들의 양육이나 가사 노동에 대해서도 적극적으로 분담하고, 무엇보다 아내와 남편을 소중하게 대해야 한다는 의식이 높아지고 있습니다. 앞으로 당신이 살 10년은, 부모 세대와는 물론이거니와 그 이전의 10년과 매우 다를 것입니다. 따라서 인생을 함께할 파트너에 대해서도 훨씬 더 새로운 마인드를 가지고 있어야 합니다. 그 관계에서 가장 중요한 태도는 함께 같은 목표를 갖거나 상대의 성장을 기뻐하면서 적극적으로 자신들만의 관계를 쌓아가는 것입니다.

이미 완벽한 사람, 뭔가 완결된 사람을 찾으려고 하면 안 됩니

219

다. 지금은 완벽해 보여도 살아가면서 그 완벽함이 오히려 상애가 되거나 문제가 될 수도 있습니다. 서로의 부족한 부분을 보충하고 자신만의 장점을 살리는 것이야말로 연인 및 배우자와 길고 긴 시간을 지혜롭게 보낼 수 있는 방법입니다.

사람들이 농담처럼 이런 말을 합니다. '인생이 이렇게 길어지고 있는데 꼭 한 사람과 살아야 하나?' 그럴 수도 있습니다. 하지만 중요한 것은 평생을 같이할 딱 한 사람을 정확하게 골라내는 것이 아니라, 같이 사는 동안 서로 협력해나갈 수 있는 사람을 만나는 것입니다. 그래야 둘이서 한 명의 몫이 아닌 네다섯 명의 몫을 만드는 강한 파트너십을 만들어갈 수 있습니다. 지나친 의존은 한쪽이 힘들어집니다. 기본적으로 인간관계는 서로 의지하고 도움을 주고받으면서 만들어가는 것입니다. ◇

10년 전을 사는 여자, 10년 후를 사는 여자

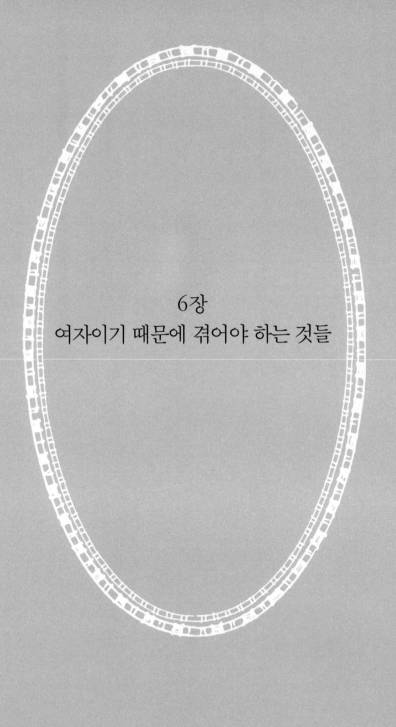

6장
여자이기 때문에 겪어야 하는 것들

10년 후를 산다는 것은
내 삶의 설계도가 아직 많이 남아 있다는 의미입니다.
10대나 20대에 만들어진 설계도로 80세, 90세까지 살 수는 없는 일입니다.
오히려 20대, 30대일 때보다 훨씬 더 큰 변화가 일어나는 것이
이후의 10년입니다.
내 인생이 1층짜리 집에서 끝나는 게 아니라
2층, 3층으로 점점 층수를 높이면서
하나의 큰 집을 만들어나간다고 생각하세요.

아이를 갖는 것이
두렵다면

인생은 쇼예요. 사랑은 이 쇼의 클라이맥스죠.
돈이나 명예나 성공과는 비교하지도 못할 만큼 소중한 사랑을
내 두 아이와 남편에게 주고 싶어요.
마돈나 가수

오늘날 여성들은 결혼만 힘들어하는 게 아니라, 아이를 갖는 것도
막막해합니다. 독신만이 아니라 결혼한 이들도 그렇고, 여성만이 아
니라 남성들도 아이를 갖는 데 두려움을 많이 가지고 있습니다. 어
쩌다 아이를 낳아도 둘 이상을 낳는 문제에 대해서는 매우 어렵게
생각합니다. 이렇게 저출산은 매년 더 심해지고 있습니다. 여성이

223

평생 출산하는 아이의 평균 숫자인 '합계 특수 출생률'은 1.39가 되었습니다(2012년 한국의 합계 특수 출생률은 1.3이다―옮긴이).

그러나 20대 여성들을 만나보면 굉장히 많은 수가 '언젠가 아이를 낳고 싶다'고 생각하고 있습니다. 그런데 왜 아이를 갖지 않는 것일까요? 왜 지금까지 여성이 평범하게 해오던 일을 할 수 없게 되어버렸을까요? 정부는 저출산 방지 대책으로 자녀 수당, 어린이집 정비, 육아 휴가 등 여러 정책을 만들고 있습니다. 하지만 얼마간의 효과만 있을 뿐, 근본적인 해결책이 되지 못하고 있습니다.

가장 큰 원인은 결혼하지 않게 된 비혼화, 결혼이 늦어진 만혼화에 있습니다. 그 배경에는 앞에서 설명했듯이 '연애의 어려움'과 '경제력 약화'가 깔려 있습니다. 결혼을 하고 아이를 낳은 사람들은 거의 100퍼센트 이렇게 충고합니다. 아이는 빨리 낳는 것이 좋다고. 하지만 원한다고 가질 수 있는 일이 아닙니다. 결혼과 출산은 기쁨이기도 하지만, 동시에 이혼이나 경제난 등의 리스크를 안고 있습니다. 그러나 여성이라면 한번쯤 출산을 내 미래의 일로 생각해볼 수 있을 겁니다. 그런 분들을 위해서 이것만큼은 알아두길 바라는 조언들을 모아보았습니다.

1. 일과 결혼·출산은 동시에 진행하자

업무 경력이 어느 정도 쌓이고 돈도 좀 모으고 나면 아이를 갖겠다는 식으로 생각하면 임신과 출산은 점점 밀리게 됩니다. 반대로 젊었을 때 아이를 갖고 싶어서 일보다 결혼에 비중을 두더라도 계획대로 될지는 알 수 없습니다. 진심으로 아이를 원한다면 전부 동시에 진행하는 것이 현명한 방법입니다.

아이가 생겼을 때가 일에서 가장 중요한 시기일 수도 있습니다. 이런 경우 일을 일시적으로 중단하거나 일의 양을 줄이더라도 다시 시작할 수 있습니다. 아니면 처음부터 다시 정비해도 됩니다.

그리고 돈은 건강보험에서 나오는 출산 장려금이나 보육 수당 등의 제도도 있으니 어떻게든 됩니다. 걱정해야 할 부분은 결혼과 출산·육아에 드는 비용보다, 오히려 직장이 없어졌을 때의 생활비입니다. 그래서 더욱 일과 결혼·출산은 동시 진행으로 생각하는 편이 좋습니다.

2. '결혼과 임신·출산'의 순서에 연연하지 말자

결혼을 생각하면서 만나는 애인은 있지만, 결혼으로 넘어갈 기회를 만들기 어렵다는 사람도 많습니다. 그런 사람들이 아이를 가질 가장 **빠른** 길은 일단 함께 사는 것입니다.

여자이기 때문에 겪어야 하는 것들

프랑스의 출산율이 높은 이유는 공적 제도와 지원 이전에 약 30퍼센트가 넘는 동거율이 주된 요인이라는 설이 있습니다. 동거하면 당연히 아이를 가지기 쉽습니다. 프랑스는 결혼하지 않고 아이를 낳는 데 전혀 문제가 없는 사회입니다. 한편 일본도 4쌍 중 1쌍은 아이가 생기고 나서 결혼을 하는 경우라고 합니다. 그러니 '결혼→동거→임신'보다는 '동거→임신→결혼' 쪽이 현실에 맞는 흐름이 될 수도 있습니다.

3. 고령 출산은 리스크를 각오해야 한다

지금은 주요 출산 연령이 20대가 아닌 30대가 되었습니다. 경력을 어느 정도 쌓은 후에 낳자고 생각하면, 막상 결혼하고 아이를 가지려고 할 때는 고령 출산에 접어듭니다. 이때 신체적으로 출산이 어려울 수 있다는 현실은 많은 여성이 직면한 문제입니다. 특히 일을 열심히 해온 여성들에게 큰 문제일 수 있습니다. 그러니 이런 경우에는 아이를 가지는 게 어려울 수도 있겠다는 마음의 준비 정도는 해두는 게 좋겠습니다.

4. 돈이 없으면 없는 대로 궁리해서 낳고 키울 수 있다

세계 여러 나라의 많은 젊은이들이 혼자서 살기에는 경제적으로

벅차서 누군가와 함께 살기를 원합니다. 하지만 일본에서는 돈이 없어서 연애도 결혼도 할 수 없고, 아이도 낳기 어려워서 결국 혼자 사는 상황에 빠지기 쉽습니다.

그것도 남성이 주로 돈을 벌어야 한다는 가치관이 장애가 되고 있습니다. 돈이 없으면 없는 대로 만나고, 서로 협력해서 함께 생활비를 벌자는 생각으로 전향하면 뛰어넘을 수 있는 장애라고 생각합니다. 아이에게 드는 생활비와 교육비도 '지금까지와 마찬가지로 모두가 똑같이' 해야 한다는 관점으로부터 벗어난다면 보다 다양한 선택이 눈에 보일 것입니다.

5. 기혼자는 역할 분담이 중요하다

세계에서 출산율이 올라간 나라와 내려간 나라의 사이에는 커다란 차이가 하나 있습니다. 여성이 아이를 낳기 쉬운 나라는 맞벌이가 당연한 나라로 일과 가정의 역할 분담에 유연성이 있습니다. 낳기 어려운 나라, 특히 일본과 한국에서는 남녀의 역할 분담이 고정화되어 있습니다. 물론 많은 남성들이 늦은 밤까지 일을 하는 등 노동시간이 과도하기 때문에 '가사와 육아를 분담하자'고 말해도 현실적으로는 실행이 어렵습니다. 하지만 일하는 여성이 아이를 낳으려면 유연한 역할 분담이 중요합니다. 남편과 함께 가사와 육아

227

를 분담해야 합니다. 부모와 형제자매 등 가족의 손도 적극적으로 빌립시다. 베이비 시터, 가사 도우미를 이용하는 방법에 대해서도 좀 더 유연하고 적극적으로 생각해야 합니다.

6. 여성이라서 해야 하는 일에 유연하게 대처하자

독신 여성 중에는 결혼도 안 하고 아이도 없는 것을 불효라고 생각하며 죄책감을 느끼는 사람이 있습니다. 기혼 여성이 아이를 낳지 않으면 문제는 좀 더 심각합니다. 남편이나 시부모에게 갖는 죄책감으로 이혼을 생각하기도 합니다. 축복 속에서 아이를 갖게 된 여성도 일을 그만두거나 휴직기를 가지면서 직장 사람들에게 폐를 끼쳐 미안한 마음을 갖습니다. 일과 육아를 양립하려면 "엄마를 필요로 하는 유아기에 아이를 다른 사람에게 맡기고 일하러 가는 것이 엄마로서 할 짓이 아닌 것 같아요"라며 엄마로서 제 역할을 못하고 있다는 생각에 미안해합니다. 아이를 낳아도 낳지 않아도 죄의식에 사로잡혀 자신을 책망하는 상태에 빠집니다.

하지만 여성이라서 해야만 하는 일에 묶이지 말고 좀 더 유연하게 대처하면 어떨까요? 누구나 폐를 끼치면서 살아가고 있습니다. '착한 딸, 현명한 아내, 좋은 엄마, 성실한 사원'이라는 환상의 틀에 자신을 가두지 않는 것이 죄책감에서 벗어나는 방법입니다. 어깨의 짐을 내려놓으세요. 선택의 길은 다양하니까요.

7. 아이가 없는 행복도 즐길 줄 알자

'아이를 낳는 것이 여성의 가장 큰 행복'이라든가, '가족은 아이가 있어야만 한다'는 가치관에서 벗어나야 합니다. 그래야 여성이 고통받지 않고 긍정적으로 살아갈 수 있습니다. 아이가 없어서 얻을 수 있는 혜택도 분명 있습니다.

아이가 없다는 문제에 골몰하기보다는 자신이 가진 다른 것에 눈을 돌려야 행복해질 수 있습니다. 아이를 낳고 안 낳고의 문제가 아니라, 처한 상황에서 제일 나은 방법을 찾아 얼마나 행복하게 지낼 수 있을지를 생각하는 것이 중요합니다. ◇

여자이기 때문에 겪어야 하는 것들

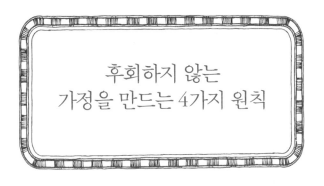

후회하지 않는
가정을 만드는 4가지 원칙

행복한 결혼이 드문 이유는 부인들이 그물을 만드는 데 바빠서
바구니를 만드는 노력을 하지 않기 때문이다.

조너선 스위프트 작가

가정이라는 단어를 들었을 때 연상되는 느낌은 따뜻함, 평온함, 유대감 등 행복한 이미지입니다. 매일 생활 속에서 서로 도우며 기쁨과 즐거움을 나누는 가족이 있다는 사실은 그 자체만으로 든든하며 안정감을 줍니다.

하지만 인간은 이기적인 동물입니다. 그런 행복과 보살핌도 공기처럼 당연한 '생활'이 되어버리면 행복을 느끼기는커녕 '이러려고 결혼한 게 아닌데'라며 불만이 싹트게 됩니다. 하지만 이러한 불만은 어느 정도 예상이 가능한 것입니다. 10년 후 후회하지 않으려면 가정이 주는 혜택뿐만 아니라 리스크에 대해서도 미리 알아두고 대비할 필요가 있습니다.

얼마 전 텔레비전 드라마를 보다가 갑자기 떠오르는 생각이 있었습니다. '도대체 언제부터 일본의 가족상은 사라져버린 것일까?' 1990년대에 보던 가족 드라마에는 완고한 아버지와 온화한 어머니가 등장합니다. 여러 문제를 안고 있는 가족들이 서로 결속하여 새롭게 다시 시작한다는 식의 스토리가 전개됩니다. 그런데 그런 가족상이 재미없는지 공감을 불러일으키지 못하는지, 최근의 텔레비전 드라마에서 완전히 자취를 감췄습니다. 그 대신 그려지는 가족의 모습은 불륜 부부, 싱글 맘 혹은 싱글 파파, 가정 폭력으로 붕괴된 가족, 학교 폭력에 힘들어하는 아이 등 실로 다양합니다.

하지만 이런 드라마의 모습이 '현재의 가족상'이라는 증거는 없습니다. 즉, 일반적인 가정의 모습이란 없어진 것이 지금의 현실입니다. 물론 예전에도 '보편적인 가정'이라고 일반화할 수 없는 부분들이 많았습니다. 그러나 지금은 '이상적인 가정', 이러이러한 가정이어야 한다는 기준 자체가 없어진 상황으로 보입니다.

여자이기 때문에 겪어야 하는 것들

또 하나 특이한 점은 과거에 비해 오히려 부모와 자식의 사이가 좋아지고 있다는 점입니다. 개인화가 급속하게 진행되었지만, 오히려 부모와 자식의 관계는 훨씬 더 개방적이고 유연해졌습니다. 아이가 집을 구속으로 느끼는 게 아니라, 오히려 세상으로부터 나를 지켜주는 보호막으로 인식하고 있습니다. 그렇기 때문에 성인이 되어서도 계속 부모의 집에 살거나, 결혼해서도 육아나 생활을 지원받는 사례가 많습니다.

그래서 사회적으로는 소수의 젊은 세대가 다수의 고령자를 지원하는 구조이겠지만, 현실에서 보면 오히려 경제적 여력이 있는 부모 세대가 현실이 불안한 자녀 세대를 뒷받침하는 구조인 경우가 많습니다. 그런데 이러한 경향으로 인해 최근 10대와 20대의 정신적인 자립도가 점점 낮아지고 있습니다. 이는 절대로 좋은 상황이 아닙니다. 인생은 언젠가는 혼자 걸어가야 하는 길입니다. 그런데 물질적인 부분에 이어 정신적인 부분까지 자립하지 못하면, 부모가 특별히 지시를 하거나 강압적으로 굴지 않는데도 부모의 기대에 부응하려고 자신의 행동을 스스로 규제하게 됩니다.

그런데 이런 상태에서 결혼을 하고 가정을 꾸리게 되면 어떻게 될까요? 반드시 그 가정에 문제가 생깁니다. 그리고 사실 가정을 꾸린다는 것 자체가 여러 가지 어려움을 가지고 있습니다. 출산과 육아라는 문제가 있으며, 주택을 마련하기 위해 얻은 대출금도 갚아야 합니다. 결혼을 하면 독신일 때보다 시간도 돈도 자유롭지 않습니다. 게다가 부부 사이의 문제, 양가 부모와의 문제, 부모의 간병과 노후 문제 등도 닥쳐올 과제가 됩니다. 이렇게 보면 가정이 생겨서 안심되는 것이 아니라, 오히려 가정이 더 많은 문제를 낳는 곳으로 여겨집니다. 그런데 이제까지 부모의 가정 안에서 자신을 숨기기에 바쁜 사람이었다면 이 같은 문제들을 더욱 힘들게 느낄 겁니다.

그렇다면 가정을 가지지 않으면 되는 걸까요? 저는 가정을 갖고자 하는 욕구가, 경제적 기반이 필요하다거나 단순히 혼자 살기 싫다거나 하는 이유 그 이상의 것이라고 생각합니다. 가족이라는 관계는 정신적으로 메마르고 가벼운 관계만이 남아 있는 현대사회에서 자신이 의지를 가지고 만들 수 있는 공동체입니다. 그 공동체가 만들어가는 기쁨은 사실 매우 큽니다. 또한 저는 가정이 사람들에게, 특히 여성들에게 '자기희생'의 장소라고만 생각하지 않습니다. 저는 가정을 잘 꾸려가고 있는 이들이 가정을 '자아실현'의 장소로 여기고 있음을 발견할 수 있었습니다.

"여성으로 태어난 이상 아이를 낳아 기르고 싶어요."

"아내로서 엄마로서 사랑받고 사랑하고 싶어요."

여자이기 때문에 겪어야 하는 것들

"일을 열심히 해서 일하는 엄마로도 존경받고 싶어요."

이런 소망을 가지는 것은 너무나도 당연한 것입니다. 물론 일도 잘하고 가정도 잘 이끄는 모습은 그리 쉽게 손에 넣을 수 있는 것이 아닙니다. 경제적 기반을 다지는 것도 아이의 출산과 육아도 원하는 대로 되지 않을지도 모릅니다. 하지만 할 수 없는 일은 아닙니다. 자신이 주도적으로 해결할 수 있는 문제라고 생각하면 의외로 쉽게 해답을 얻을 수 있습니다. 가정을 꾸리는 것에 대해서 다음의 것들을 미리 생각해두면 큰 도움이 됩니다.

1. 의사 결정과 가정경제에 책임을 져라

이제 남편이 아내와 가정을 지키는 시대가 아닙니다. 부부가 서로 지켜주면서 함께 가정을 꾸려가는 적극적인 자세가 필요합니다. 회사라면 공동 경영자라고 할 수 있겠지요. 회사가 잘못된 방향으로 가거나 적자 경영을 했을 때, 한 사람만 일방적으로 탓하지 않습니다. 관리하지 못한 공동 경영자에게도 책임이 있으니까요. 맞벌이든 전업주부든 상관없이 책임을 상대에게 떠넘기지 말고 부부가 똑같이 나누어 받아들이세요. 그러한 파트너십을 쌓는다면 가정은 더욱 튼튼해지고 위기도 극복해나갈 수 있을 것입니다.

2. 자신의 길을 버리지 말아라

가족은 인생길을 함께 걷는 공동체지만 동시에 우리는 한 개인으로서 살아가야만 합니다. 가족을 위해 자신의 길을 포기한다면 결국은 불만과 불안이 싹틀 수밖에 없습니다. 자신을 희생해서 쏟아붓은 애정은 잘못하면 가족을 옥죄어, 무능한 남편과 자립 못 하는 아이로 만드는 결과를 초래합니다. 조금이라도 좋으니 자신의 시간, 자신의 돈, 자신의 공간을 만드시길 바랍니다. 가족과 적당한 거리감을 갖는 것도 중요합니다. 자신의 자유를 인정받으면, 가족의 자유도 인정할 수 있게 됩니다.

3. 좋은 아내나 좋은 엄마가 되려는 환상을 버려라

회사에서는 유능한 사원, 집에서는 상냥한 엄마, 남편에게는 매력적인 아내, 거기에 멋진 여성이기까지, 이처럼 잡지에나 나올 법한, 모든 면에서 고득점을 받는 이상적인 여성상을 목표로 하면 녹초가 됩니다. 주위의 기대에 부응하려고 예전 같은 현모양처를 목표로 무리하다 보면 가정이 편안한 곳이 되지 못하고 맙니다. 가정의 형태가 다양해진 시대이니만큼 각 가정에 어울리는 아내나 엄마의 모습이 있게 마련입니다. 전형적인 이미지에 휘둘리지 말고 주위의 평가에도 개의치 말며 절대 무리하지 마세요. 가족은 자신

여자이기 때문에 겪어야 하는 것들

의 부족한 모습도 받아들여줄 것이라고 생각하세요. 자신과 가족을 믿어야 합니다.

4. 어느 정도의 자기희생은 각오하라

아무리 개인화가 진행되었다고 해도 가정에서의 자기희생은 사라지지 않습니다. 자신보다 가정을 우선으로 둬야 할 일이 많기 때문입니다. 자신에게 좋은 점만 챙기고 나머지는 모른 척 외면하고 지낼 수는 없으니까요. 가정을 유지하려면 개인과 가정 사이의 타협점을 찾아야 합니다. 이때 가정 내에서의 소통은 아주 중요합니다. 두 사람이 만나 가정을 꾸리는 일은 정말 귀찮고 리스크도 있습니다. 하지만 가정을 꾸리고 살면서 느끼는 기쁨과 즐거움, 안정감이 있는 것도 사실입니다. 가정은 손해나 이익을 따져서는 꾸려나갈 수 없습니다.

가정을 일구며 살기로 마음먹었다면, 어느 정도의 희생을 기꺼이 떠안을 각오가 필요합니다. 그리고 문제가 생겨도 도망치지 말고 함께 해결해나갈 용기를 가져야 합니다. ◇

전업주부를
꿈꾸고 있다면

가장 힘든 고난은 필요하지 않을 때 닥친다.

요한 볼프강 폰 괴테 작가

사실은 저는 어릴 때부터 20대까지 줄곧 전업주부가 되고 싶다고 생각했습니다. 전업주부가 회사에서 일하는 것보다 편하다고 여기 거나 일하기가 싫었기 때문이 아닙니다. 저는 가족을 보살피는 것 이 진정한 행복이라고 생각했기 때문입니다.

간호사로 일하던 어머니에 대한 반발심도 있었습니다. 어머니는

여자이기 때문에 겪어야 하는 것들

가사도 육아도 대충이었습니다. 야간 근무로 늘 피곤해하고, 저에게도 별로 관심을 보이지 않았습니다. 지금 생각해보면 어머니 나름대로 얼마나 노력하셨는지 알겠습니다. 그러나 어릴 때 저에게는 큰 상처였지요. 당시 이웃의 엄마들은 전업주부였습니다. 아이들이 집에 돌아오면 반갑게 맞아주며 직접 만든 간식을 차려주고 아이의 이야기를 들어주는 엄마를 둔 친구가 정말 부러웠습니다. 그래서 전 가족이 생기면 가사와 육아를 완벽하게 해내는 좋은 엄마, 좋은 아내가 되고 싶다고 생각했지요.

그러나 앞에서 말했듯이 전업주부가 된다 하더라도 자립할 수 있는 힘을 길러야 하는 것은 분명합니다. 전업주부가 남편이나 아이에 매여 산다고 생각하면 큰 착각입니다. 훨씬 더 주도적이고 주체적인 태도가 필요한 것이 전업주부입니다.

얼마 전 전업주부 15년 차인 여성을 취재한 적이 있었습니다.

"저에게 가정은 직장입니다. 남편이 밖에서 일에 전념할 수 있도록, 아이가 자유롭게 성장할 수 있도록 편안한 가정을 만드는 것이 저의 업무입니다. 자신을 드러내버리면 제대로 일하기 어렵습니다. 집에서 자신을 드러내지 못하니까 스트레스도 이만저만이 아니지요. 그래도 이것이 제가 선택한 길입니다. 마지막까지 웃으면서 완수하고 싶어요. 남편이 직장에서 좋은 성과를 내거나 아이의

10년 전을 사는 여자, 10년 후를 사는 여자

성장을 실감할 수 있는 것이 저에게는 훈장입니다."

정말 멋있다고 생각했습니다. 전업주부라는 '직업'은 무임금 노동이며 좀처럼 반응이나 노력에 대한 결과가 보이지 않는 직업입니다. 그렇다고 주변 사람들이 언제나 고마워하지도 않습니다. 그래서 이 분과 같은 각오가 더 필요할지도 모릅니다.

우리 인생에서 정답은 없습니다. 전업주부든 직장을 다니든 독신이든 '이것이 나의 길'이라고 생각하는지가 중요합니다. 다만 오늘날 전업주부가 되는 사람은 아주 일부에 지나지 않습니다. 그리고 전업주부를 계속 유지하는 사람은 더욱 적습니다. 과거와 같은 고소득 시대는 이제 없습니다. 부부 중 한쪽이 평생 일하지 않고 살아갈 수 있는 고수입 가정은 상위 10~20퍼센트 정도라는 것을 알아두셔야 합니다. 그런 가정도 실업이나 병, 이혼이라는 위기가 닥쳐서 결국 아내가 일할 수밖에 없는 상황에 놓일 수도 있습니다.

텔레비전이나 잡지에서 고소득층 부인들의 생활을 보거나 가까운 친구 중에 그런 사람이 있으면 '언젠가 나도 저렇게 살고 싶다'며 욕망을 투영하게 됩니다. 아니면 전업주부인 어머니를 보며 자라서 자연스럽게 '나도 엄마처럼 살고 싶다'고 생각하게 된 사람도 많을 겁니다.

그렇게 원해서 전업주부가 되는 사람도 있지만, 원하지 않는데

여자이기 때문에 겪어야 하는 것들

전업주부로 살게 되는 경우도 많습니다. 여성은 출산과 육아로 반 이상이 일을 그만두는 게 현실입니다. 임신 전부터 무직인 사람을 포함하면 60퍼센트 정도는 일생에 한 번은 전업주부가 된다는 소리입니다. 그런데 그중 과반수는, 형태는 다르지만 다시 직업 현장으로 돌아갑니다.

이전에는 주로 아이가 초등학교에 들어가면 일을 시작해서 대부분 공백 기간이 5년에서 6년 정도였지만, 평균 공백 기간은 점점 짧아져서 지금은 출산 후 1년이나 2년이 지나면 일하기 시작하는 사람이 많다고 합니다. 남은 전업주부의 대부분도 일은 하고 싶지만 원하는 일을 찾지 못하는 상황일 뿐입니다.

일하고 싶어 하는 이유 중 가장 많은 부분을 차지하는 것은 '경제적 불안'입니다. 그 외에도 사회에 속하고 싶어서, 시간이 있어서, 자신의 가능성을 시험해보고 싶어서, 좋아하는 일로 돈을 벌고 싶어서 등의 이유가 있습니다.

제 주변만 보더라도 30대에 전업주부가 된 여성들이 40대에는 다시 일을 하고 있습니다. 자신이 가계를 도울 필요가 없는 고소득층 가정의 여성들도 마찬가지입니다. 파견 사원이나 시간제 근로자가 된 사람도 많지만, 자신의 보람을 찾아서 다시 본격적으로 일하기 시작한 사람도 있습니다.

네일 아티스트, 웹 디자이너, 자유 기고가, 삽화 전문가, 메이크업 아티스트, 라디오 진행자 등 비교적 자유로운 직업을 선택하는 경우가 많습니다. 또는 경리, 의료직, 학원 강사 등 이전의 직업을 살려서 재취업을 하거나, 변리사나 노무사 등 국가 공인 자격증을 따서 개업하기도 합니다. 혹은 새로운 분야에 뛰어들어 창업을 해서 남편보다 고수입을 올리는 주부도 있습니다.

미래에 전업주부가 되기 원하는 사람은 또래의 여성이 아니라 10년 후, 20년 후의 길을 걷는 여성들을 관찰하면 결정에 도움이 될 것입니다. 물론 그들 중에는 전업주부도 많겠지만, 그녀들이 얼마나 일하고 싶어 하는지 그 마음을 알아차리게 됩니다. 특히 아이들에게 온 힘을 다 기울인 여성들은 자식이 손에서 떠나면 가슴이 뻥 뚫리고 갑자기 '지금까지 나는 뭐였지?'라는 자문을 반복하며 자아 정체성의 위기에 빠지는 일이 많습니다. 이는 여성이라면 누구라도 빠지기 쉬운 마음의 위기이며 아주 심각한 문제입니다. 딸이자 아내이자 엄마로서 살면서 주위의 기대에 부응하기 위해 자신의 요구에는 문을 걸어 잠그고 일정한 역할을 연기하며 지낸 결과, 자기 정체성과 가능성에 대해 의문을 품고 자신에게 상실감을 느끼는 현상입니다. 이는 모든 연령층에서 겪을 수 있는 문제이기도 합니다.

20대의 젊은 여성만이 아니라 40대, 50대가 되어서도 자신이 무

여자이기 때문에 겪어야 하는 것들

엇을 하고 싶은지, 무엇을 잘할 수 있는지 모르는 여성이 있습니다. 제가 아는 한 40대 여성은 이렇게 말하며 불안해했습니다.

"앞으로 무엇에 보람을 느끼며 살아야 할지 몰라서 불안합니다. 제가 아무것도 할 수 없는 하잘것없는 인간처럼 느껴져요."

얼마 전 고등학교 때 선생님을 만날 기회가 있었습니다. 그때 선생님이 몇 년 전에 이혼한 사실을 알게 되었습니다. 선생님의 예전 부인은 제자였다고 합니다. 대학을 졸업하고 취업을 하지 않은 채 바로 결혼하고 아이를 가졌다고 합니다. 그런데 아들이 대학에 입학하고 자신도 쉰이 된 것을 계기로 이전부터 흥미를 갖던 일을 창업하고 싶으니 이혼해달라고 했다고 합니다. 선생님은 부인에게 이혼이 아닌 다른 제안도 해봤다고 합니다.

"그런 이유라면 내가 협력할게. 이혼하지 않는 편이 일도 하기 편하지 않겠어?"

"그게 싫은 거예요. 한 번뿐인 인생, 내 힘으로 어디까지 할 수 있는지 도전해보고 싶어요."

선생님은 사이가 나빴던 것도 아니었는데, 경제력도 없는 아내가 이혼하고 싶다고 말한 것은 결심이 아주 굳다고 생각해서 승낙했다고 합니다.

"창업한 후로는 전국을 돌면서 기운차게 일하는 것 같아."

선생님도 새로운 사람을 만나 재혼했다고 합니다. 그 부인의 마음은 어떤 것이었을까요? '내가 살아가면서 무엇을 할 수 있을까?' 이것은 누구나 고민하는 문제입니다. '일하고 싶다'는 마음의 저편에는 세상의 누군가에게 하나의 개인으로 인정받고 싶다는 욕구가 있습니다. 인간이 살아가기 위해서는 피해갈 수 없는 욕구입니다. 개인화가 더욱 심화하는 현대사회에서는 이 문제에 직면할 기회가 더욱 많아질 것입니다.

전업주부가 되는 것도 살아가는 방법 중 하나입니다. "이번 기회에 즐거운 마음으로 육아에 전념해보고 싶어요"라고 생각하는 것도 좋습니다. 하지만 이런 생각에 그치지 말고 자신이 할 수 있는 일에 도전해보길 바랍니다. 전업주부였거나 아이를 키워본 경험은, 직접적인 경력은 되지 않을지 모릅니다. 하지만 분명 그 경험을 살릴 수 있는 일이 있습니다.

생활 전반에 두루 밝고 정보에도 민감하며 한 번에 여러 일을 동시에 처리할 수 있는 능력, 자신을 억제하며 남을 우선하는 정신력, 다른 사람을 이해하려는 소통 능력은 많은 기업이 원하는 능력입니다. 또한 앞으로도 사회가 점점 필요로 하는 재능이 될 것입니다. 결혼과 상관없이 우리는 태어나서 죽을 때까지 '홀로 걸어야 하는 길'이 있습니다. 그리고 이 길은 생각보다 훨씬 깁니다. ◇

여자이기 때문에 겪어야 하는 것들

누구나
다시 싱글이 될 수
있다

돈을 벌 때에는 독립하기가 쉽다.
그러나 일이 없을 때 독립하는 것은 신의 시험이다.

마할리아 잭슨 가수

달콤한 결혼 생활을 꿈꾸는 사람에게는 찬물을 끼얹는 것 같아 미
안하지만, 이제부터 전하고자 하는 이야기는 이혼 이야기입니다.
물론 결혼할 때 이혼을 생각하는 사람은 거의 없을 것입니다. 하지
만 결혼 생활을 잘 이끌어가고 이혼을 방지하기 위해서라도 마음
한구석에 지금부터 하는 이야기를 잘 새겨두면 좋겠습니다. 그리

고 만일 지금 정말 많아지고 있는 싱글 맘이 되더라도 다양한 선택이 있다고 생각하면서 희망을 품고 현명하게 살길 바랍니다.

통계에 의하면 기혼자의 이혼율은 10대에 약 80퍼센트, 20대 전반에는 약 50퍼센트, 20대 후반은 약 20퍼센트, 30대 전반은 약 1.5퍼센트 가까이 된다고 합니다. 이런 통계를 보면 싱글 맘이 될 확률은 생각보다 높습니다(2012년 한국의 경우, 결혼 후 4년 안에 25퍼센트가 이혼한다고 한다—옮긴이).

이혼의 원인은 '성격 불일치'가 반수 이상으로 가장 많고, 그 외에는 신체적 폭력, 이성 관계, 경제적 문제, 정신적 학대 등이 있습니다. 여기서 성격 불일치란, 어디에도 갖다 붙일 수 있는 막연한 표현입니다. '경제적 감각이 다르다', '아이를 키우는 교육관이 다르다', '인생관이 다르다', '결혼하고 성격이 변했다', '가사와 육아에 비협조적이다' 등의 다양한 표현이 모두 성격 불일치에 속합니다. 잘 아는 남성 중에는 반려동물을 아껴주지 않는다는 이유로 이혼한 사람도 있습니다.

다른 이혼 사유와 달리 성격 불일치는 상대에게 명확한 문제가 있는 게 아닙니다. 성격 불일치는 결혼 전에 그와 같은 문제를 파악하지 못한 자신의 잘못도 있습니다. 또 일방적인 감정의 문제로 치부되어 주변 사람들이 이해하지 못할 수도 있습니다. 이혼을 해

245

도 쌍방의 책임일 수 있기 때문에 조건이 불리해져서 위자료를 받지 못할 수도 있습니다.

원래 남과 성격이 다른 것은 당연합니다. 다만 자신의 이상과 달라서 큰 손해를 입게 되면 점점 더 분노와 실망이 커지고 애정도 식어서 참지 못하는 것이지요. 서로 잘 맞는 부분만이 아니라 서로 다른 부분을 받아들일 수 있는 넓은 마음이 있으면 좋겠지만, 첫 단추를 잘못 끼우면 그런 마음을 먹기가 정말 쉽지 않습니다.

이 문제가 과거에 비해 더 커진 이유가 있습니다. 현대의 결혼은 경제력만이 아니라 애정을 중심으로 이어져 있습니다. 애정이 식으면 부부 사이의 결속이 간단히 풀어집니다. 그런 점에서 이혼 이야기를 먼저 꺼내는 쪽은 여성이 압도적으로 많습니다.

이혼이 급증한 또 하나의 이유는 이혼까지 가는 과정에 놓인 장애물이 예전보다 낮아졌기 때문입니다. 이는 여성의 경제적인 자립도가 높아지면서 나타난 현상입니다. 얼마 전까지만 해도 여성에게는 경제력이 없었고, 이혼녀에 대한 세상의 시선도 혹독했습니다. 오히려 딸의 편이 되어주어야 할 친정에서 이혼을 반대하는 경우도 매우 많았습니다. 물론 지금도 여전히 이혼에 따른 대가는 큽니다. 그러나 이혼을 결정하는 문턱 자체가 예전에 비해서 낮아진 건 사실입니다.

그러나 정말 자신을 위해서 이혼을 선택했다고 해도, 그다음으로 겪어야 할 문제들은 이제까지 겪어보지 않았던 큰 시련으로 다가옵니다. 일단 경제적인 문제가 있습니다. 일본의 경우, 모자가정의 빈곤율(연봉 114만 엔 미만)은 약 60퍼센트라고 합니다. 이것은 선진국 중에서도 가장 높은 비율입니다. 정부로부터 받는 보조금은 아주 적습니다. 모자가정은 아동부양수당으로 월 4만 1,430엔을 받을 수 있습니다. 국민건강보험 등은 감면제도가 있지만, 그래도 살기 힘들기는 마찬가지입니다(한국의 경우, 저소득 모자가정 지원 아동부양수당은 1인당 월 7만 원, 추가 아동은 월 5만 원이다—옮긴이). 둘이 벌어도 힘든 상황에서 일과 가사, 육아 그리고 아빠 역할까지 모두 처음부터 끝까지 혼자서 해야 합니다. 편견이 없다고도 할 수 없어서, 정신적으로 고립되는 일도 적지 않습니다.

우선 일을 찾기가 어렵습니다. 고용하는 입장에서는 다음과 같은 편견을 가지고 있습니다.

"싱글 맘이 열심히 하고 일도 잘하는 건 알겠지만, 아이 때문에 자주 쉽니다. 그리고 월급이 적으면 밤에도 다른 아르바이트를 하거나 조금이라도 보수가 좋은 쪽으로 옮겨버리거든요. 그래서 오래 근무하는 사람이 없어요."

이 편견을 이겨내고 운 좋게 정규직을 구하면 다행이지만, 그렇

여자이기 때문에 겪어야 하는 것들

지 않은 경우가 더 많습니다. 게다가 바로 일을 시작해야 한다는 초조감에 서둘러 취직하다 보면, 막상 잘 맞지 않아 금방 그만두는 경우가 많습니다. 또 오랫동안 일할 수 있는 곳을 찾느라 일을 쉬는 기간이 너무 길어지는 등의 문제도 겪게 됩니다. 물론 재무 설계사, 보험 설계사, 뷰티 컨설턴트, 부동산 전문가 등 성과에 따라 보수가 나오는 일을 해서 큰 성공을 거둔 사람들도 있습니다. 그러나 이러한 경우는 소수에 불과합니다.

현실을 냉정하게 바라보아야 합니다. 싱글 맘이 되어서도 계속 일이 잘 풀리는 사람들 대부분은 이미 결혼 전부터 일을 계속하고 있었던 경우가 많습니다. 혹은 전문 자격증이 있는 경우가 훨씬 더 유리합니다.

이렇게 실제로 이혼을 하지 않는다 하더라도, '혹시 나도 이혼을 겪게 되지 않을까'라는 생각을 하는 것만으로도 인생을 위해서 무엇을 준비해야 할지가 분명하게 보입니다.

재혼을 생각하는 경우도 꽤 있을 겁니다. 그러나 재혼을 하더라도 경제적인 문제는 깨끗하게 해결되지 않습니다. 경제력이 있든 없든 남성은 여성을 부양하는 것에 대해 많은 부담을 느끼고 있습니다. 특히 여성에게 아이가 있다면 더 쉽지 않겠지요.

제가 깜짝 놀란 것은 이혼 전에 '이혼 계획'을 세우는 사람들도 있다는 것입니다. '2년 후에 이혼해야지'라고 결정한 후 몰래 비상금을 모으는 사람, 생활비에서 절약한 돈으로 자격증을 취득하기 위해 학원을 다니는 사람, 재취업이 결정된 후에 이혼하는 사람도 있습니다. 이처럼 이혼에는 만만치 않은 대응이 필요합니다.

저는 무엇보다 사람과의 '인연'과 이혼 전에 미리 준비하는 '강인함'이 중요하다고 봅니다. 싱글 맘이 의지할 수 있는 가장 큰 힘은 바로 친구입니다. 특히 같은 싱글 맘끼리는 서로 도우면서 결속을 확실히 다지기 쉽습니다. 가끔 너무 애쓰는 엄마들이 있습니다. '이혼은 자기 책임'이라며 자신을 책망하는 경우, 아이를 더 풍요롭게 키우고 싶다며 일을 둘씩이나 하는 경우, 업무와 가사, 육아를 전부 완벽하게 하려다가 무너지는 경우입니다. 그러나 엄마가 쓰러지면 아무것도 할 수 없습니다. 친정 부모와 형제, 친구, 이웃, 전 남편까지 총동원해서 도움을 청하세요.

저는 억지로 참으면서 살기보다는 헤어지는 것도 하나의 선택이라고 생각합니다. 이혼 후 겪어야 하는 어려움을 생각하면 쉽지 않겠지요. 하지만 헤어진 후에 밝게 사는 싱글 맘도 많습니다. 아이에게도 엄마의 미소가 가장 기쁜 법입니다. 많은 싱글 맘들은 이혼에 대한 후회도 없고, 아이에 대해서도 '아이를 낳은 것만큼은 정말 잘한 일'이라고 자랑스러워합니다. 엄마는 강합니다. 앞을 향해 나

여자이기 때문에 겪어야 하는 것들

아가고 뒤를 돌아보지 않습니다.

하지만 그전에 이혼을 피하는 방법도 여러모로 궁리해보길 바랍니다. 이혼은 여성에게 큰 상처가 됩니다. 그러니 결혼할 때 신중해야 합니다. 가볍게 애인으로 지내는 것은 상관없지만, 가볍게 결혼해서 쉽게 헤어지는 일은 없어야 합니다. 특히 결혼과 출산으로 일을 그만둔 사람, 기술이나 자격증도 없어서 당장 할 일이 없는 사람은 더욱 신중하게 생각하길 바랍니다.

몇 년 전, 친구에게 이혼의 위기가 찾아왔습니다. 역시 성격의 불일치가 원인으로 이제 더는 참지 못하겠다며 아이와 함께 나오려고 이혼을 준비했습니다. 그러던 중 남편이 혼자 지방으로 전근을 가게 되었습니다. 그대로 남편만 전근을 가고 1년에 몇 번만 만날 수 있게 되자 갑자기 사이가 좋아졌습니다. 매일 연락을 주고받는 사이로 바뀌더니 오랫동안 생기지 않던 둘째도 갖게 되었지요. 떨어져 지내다 보니 서로의 소중한 점이 보이기 시작했다고 하더군요. 남편이 지방 근무를 마치고 돌아온 지금도 사이좋게 생활하고 있습니다.

부부란 알 수 없는 관계입니다. 몇 번인가 위기가 찾아왔지만 예전 사이로 돌아오는 부부도 있고, 젊었을 때는 부부싸움이 심했는데 노후에는 금실 좋은 부부가 되기도 합니다.

함께 있어서 생긴 문제를 함께 지내면서 원래대로 돌리기는 어렵습니다. 그러니 가끔은 긴 안목으로 냉각 기간을 둘 필요가 있을지도 모릅니다. 다만 별거를 할 때는 남편이 집을 나가서 혼자 생활하게 하는 편이 원래의 사이로 돌아올 가능성이 있습니다. 아내가 아이를 데리고 이사해서 나간 경우는 정말 큰 변화가 생기지 않는 이상 돌아오지 않기 때문입니다. ◇

여자이기 때문에 겪어야 하는 것들

부모가
나에게 기댈 때가
온다

책임은 필연적인 성취의 정점에 달하는 기회의 가능성과 같다.

스리 친모이 철학자

몇 년 전 70대의 어머니가 밝고 건강한 목소리로 전화를 거셨습니다.

"오늘 병원에 갔는데, 4시간이나 걸렸어. 힘들었단다."

언제나처럼 특별한 용건이 없는 일상적인 이야기였습니다.

"그래요? 많이 힘들었겠어요."

저도 적당히 응하다가 전화를 끊었습니다. 그런데 몇 시간 후에 다시 전화가 왔습니다.

"오늘 병원에 갔는데, 4시간이나 걸렸어. 힘들었단다."

똑같은 이야기를 다시 하는 것이었지요. 왜 이러시지? 가끔 이런 때도 있는 거지 뭐. 이렇게 생각하면서 전화를 끊었습니다. 그런데 다시 몇 시간 후에 전화가 왔습니다.

"오늘 병원에 갔는데, 4시간이나 걸렸어. 힘들었단다."

'드디어 올 것이 왔구나!' 저는 어머니와 함께 살고 있는 남동생 부부에게 전화했습니다.

"엄마 상태가 조금 이상한데, 확인 좀 해볼래?"

어머니가 치매에 걸리신 게 아닌가 두려운 마음으로 다음 연락을 기다렸습니다. 다행히 어머니의 치매 증상은 그 이후는 전혀 진행되지 않고 지금 건강하게 지내고 계십니다. 먼 곳에 떨어져 살고 있어서 적어도 불평을 들어주는 역할이라도 하려고 매일 전화를 걸고 있습니다.

나이를 먹는다는 것은 나에게만 일어나는 일이 아닙니다. 내 주변의 사람들도 나이가 들어가고, 그들도 나이 듦에 따라 다양한 문제를 겪게 됩니다. 내 자신이 아무 문제가 없다고 해도, 내 주변의 가까운 이들이 겪는 문제는 큰 영향을 미칠 수 있습니다. 특히 그

여자이기 때문에 겪어야 하는 것들

중에서 가장 큰 것은 부모가 늙는다는 것입니다.

　물론 사람들은 누구나 자신의 부모가 늙어가는 것을 조금씩 받아들이면서 언젠가 올 날을 각오하며 살고 있습니다. 하지만 '드디어 왔구나!' 하는 현실이 다가왔을 때의 충격은 의외로 큽니다. 그것은 계단을 한 계단, 한 계단 내려가는 것이 아니라 마치 열 계단 정도를 한 번에 굴러 떨어지는 듯한 느낌입니다.

　만약 제 어머니가 치매 증상이 심해지시면 아마 저는 가족과 상의해서 요양 시설을 찾거나 간병인을 구하겠지요. 이 문제를 다 돈으로 해결하게 될 것입니다. 이렇게 '돈'으로 해결한다고 말하면 냉정하게 들릴 수도 있습니다. 하지만 부모의 간병은 하나의 중요한 '프로젝트'입니다. 어느 정도의 객관적인 거리가 필요합니다. 이처럼 모든 사람이 살면서 한 번은 마주할 이 문제를 어떻게 해결해야 할까요? 이런 문제는 무엇보다 부모가 건강할 때 생각해두는 편이 좋습니다.

　부모의 간병에서 가장 문제가 되는 것은 '누가 모실 것인가'라는 점입니다. 예전에는 맏며느리가 시부모를 모시는 것이 당연했습니다. 지방에는 아직도 그런 사고방식이 남아 있어서 남동생 부부처럼 함께 모시고 사는 사람들도 있습니다. 하지만 며느리가 집안에 들어와 살면서 시부모를 모시며 온갖 궂은일을 도맡아 하는 일은 거의 사라졌습니다. 부모들이 함께 살기를 원하지도 않습니다. 그 대신 배우자가 간병을 하는 '노인 간병'과 친아들과 친딸이 간병을 하는 경우가 늘었습니다.

특히 정규직이 아니거나, 직장 생활이 바쁘지 않거나, 가까이 살고 있는 딸은 기혼이든 미혼이든 적임자가 되기 쉬운 존재입니다. 독신일 때 부모와 함께 오래 살았거나, 맞벌이로 아이를 부모에게 맡겼던 이들이라면 부모의 간병을 피해갈 수 없다는 각오를 하는 편이 좋습니다. 자신은 신세를 졌으면서 간병은 못하겠다고는 말할 수 없으니까요.

하지만 친자식이 간병에 적합하지 못한 경우도 있습니다. 저도 아버지를 간병하면서 직접 경험했습니다만, 혈육은 서로에게 솔직하므로 자기주장이 강해지기 쉬워서 냉정하게 대처하기 어렵습니다. 우선은 부모의 병과 늙어가는 모습을 인정하고 싶지 않은 마음 때문에 감정이 격해지기도 합니다. 부모가 약한 모습을 보이거나 의사에게 병상이 심각하다는 선고를 받기라도 하면 마음을 추스르는 것만으로도 버겁습니다.

부모는 부모대로 자식이라 이것저것 주문이 많습니다. "음식 맛이 왜 이러냐? 아직도 요리도 못하는 거니?"라는 식으로 직접 불평불만을 터트립니다. 자식은 자식대로 그런 부모에게 화가 나서

여자이기 때문에 겪어야 하는 것들

아이처럼 삐치기도 합니다. 이런 다툼은 솔직하다는 점에서 좋기도 하지만, 나중에 후회를 남깁니다. 하물며 부모가 돌아가시면 '그때 좀 더 잘해 드렸어야 했는데'라며 후회하게 됩니다.

어찌되었든 부모의 간병은 매우 길게 가기도 하고, 또 그 정도가 힘든 경우도 많습니다. 이 때문에 오히려 자신이 완전히 녹초가 되고, 몸이 망가지고, 우울증에 걸리는 이들도 있습니다. 특히 주부로 있는 여성들은 아이도 키우면서 부모도 간병해야 합니다. 너무나도 힘든 것이죠.

부모의 간병이라는 짐은 혼자서 맡기에는 너무 무겁습니다. 한쪽의 인내와 희생이 너무 크면 서로에게 좋지 않습니다. 이런 때는 가족과 전문가에게 역할을 분담하는 것이 중요합니다. 누군가 '간병' 프로젝트의 책임자가 되어 식사 담당, 목욕 담당, 통원 치료 담당, 청소와 세탁 담당, 대화 담당, 돈과 계약서 관리 담당, 의료 정보 담당 등 역할을 나눠주어야 합니다. 그중에 가족이 할 수 없는 부분이 있다면 전문가에게 맡기는 것이 좋습니다. 단골 병원 의사, 공공 지원 센터 등 여러 방법을 다 동원하도록 합시다.

저는 친구와 이웃에게 도움을 받았습니다. 병에 대해 잘 아는 친구와 간병 경험이 있는 친구에게 상담을 하고, 제가 멀리 있을 때는 이웃에게 전화해 부모님 상태를 보고 와 달라고 부탁하기도 했습니다. 평소에 이웃과 교류를 잘해두면 이런 때 도움을 받을 수 있습니다. 그러니 이웃에게 필요할 때만 부탁하기보다는 평소에 서로 도움을 주고받는 사이로 지내길 권합니다.

주의해야 할 것은, 간병 프로젝트를 언제까지 진행해야 할지 아무도 모른다는 점입니다. 경제적인 부담도 문제가 됩니다. 내놓고 묻기에는 어려운 일이긴 하지만, 부모의 적금과 연금이 얼마 정도인지, 어떤 보험을 들었는지를 미리 물어서 알고 있으면 좋습니다.

실제로 간병은 공적인 지원으로는 해결하지 못하는 부분이 많습니다. 요양 시설이나 병원에 들어가거나 민간 서비스를 이용하게 되면 더욱 돈이 듭니다. 부족할 때는 형제와 친척에게 보조를 받거나 집이나 땅과 같은 자산을 팔아야 할 수도 있습니다. 그러니 부모에게 "아직 먼 이야기일 수도 있겠지만 미리 알려주세요"라고 직접 물어보는 것이 가장 좋습니다.

사실 부모의 간병 문제는 별로 생각하고 싶지 않은 일입니다. 하지만 결혼이나 이혼과는 달리, 이 문제야말로 거의 모든 사람이 빠르든 늦든 겪는 일입니다. 지금 20대, 30대에게 하고 싶은 말은 아직 현실감이 느껴지지 않는 지금 부모님과 이야기를 해둬야 한다는 점입니다.

"노후에는 어떻게 살고 싶으세요?" 이렇게 시작해서 병에 대해,

여자이기 때문에 겪어야 하는 것들

간병이 필요해지면 어떻게 할지, 돈은 어떻게 할지 조금씩 이야기를 넓혀갑시다.

부모도 '자식에게 이런 얘기를 해도 좋을까?'라며 망설이는 마음이 있습니다. 오히려 자식이 먼저 이야기를 꺼내면 안심하고 믿음직스럽게 생각하실지도 모릅니다. 미리 이야기를 해두면 부모의 진심을 알게 되고, 객관적으로 여러 측면이 보이게 됩니다. 존경과 감사를 느끼는 일도 있습니다. 그리고 '부모님도 약해지셨구나. 내가 정신을 차려야지'라는 생각도 들기 시작합니다.

어릴 때부터 부모님의 보살핌을 받아 자라왔기 때문에 평생 자식으로 남고 싶은 마음은 당연합니다. 이 때문에 육체적 정신적으로 약해져 가는 부모를 받아들이기 어렵습니다. 그러나 이제는 내가 부모를 돌봐야 한다는 것을 자각해야 합니다. 부모에게 보살핌을 받은 기간이 길었기 때문에 마음속에서 변화를 받아들이는 시간도 오래 걸립니다.

25년 동안 병으로 입원과 퇴원을 반복하던 아버지가 2년 전 돌아가셨습니다. 병상의 아버지가 먼 곳을 바라보면서 또렷한 목소리로 남기신 말이 지금도 귀에 남아 있습니다.

"부모가 나이를 먹으니 자식에게 해줄 수 있는 일이 아무것도 없다. 마지막으로 해줄 수 있는 일이 있다면, 인간이 늙고 죽는다는 게 무엇인지 알려줄 수 있다는 정도인 것 같구나."

확실히 깊은 가르침이었고, 아버지에게 진심으로 감사하고 있습니다. ◇

여자이기 때문에 겪어야 하는 것들

긴 인생을 사는데,
지금의 설계도로 버틸 수 없다

동료와 목표가 있는 사람은 나이가 들어도 늙지 않는다.

에이머스 브론슨 올컷 사상가

자신의 노후가 불안하다는 생각을 해본 적이 있나요? 예전에는 50대
나 60대에 그런 생각을 했다면, 이제는 20대, 30대부터 노후를 생각하
는 사람들이 많이 늘었습니다. 특히 독신 여성의 한탄은 무겁습니다.

　"나는 형제도 없고 결혼도 안 했으니 누구에게 의지하고 살아야
하나?"

10년 전을 사는 여자, 10년 후를 사는 여자

"비정규직이라서 연금도 매우 적을 것 같은데."

"적금이 전혀 없는데 연금만으로 생활할 수 있을까?"

그 외에도 사람에 따라 집을 지금 사둬야 하는지, 재산을 받으면 상속세나 재산세는 어떻게 되는지 등의 세세한 문제까지 걱정하기도 합니다. 하지만 노후에 대해 걱정하기만 할 뿐 미리 준비하려 하지 않는 모순된 모습을 보여주는 이들이 더 많습니다.

아무 생각 없이 노후에 돌입한 사람과 막연하게라도 좋으니 '이러이러하게 되고 싶다'고 생각하며 지내는 사람은 노후 생활이 완전히 달라집니다. 물론 계획한 대로 가지 않는 것이 인생이지만 노후에 살아남기 위한 자원을 조금이라도 축적해두길 바랍니다.

여기서 말하는 자원은 자산이나 돈만을 이야기하는 게 아닙니다. 건강, 인간관계, 지식, 지혜, 정보, 정신력, 능력, 경력 등 수많은 것들이 필요합니다.

당분간 경제가 급격하게 좋아질 것이라는 기대는 하기 어렵습니다. 앞으로는 자신이 먹을 채소를 직접 기르거나 의복을 수선하는 등의 능력이 필요하게 될지도 모릅니다. 물론 너무 앞일만 걱정하면서 지금을 즐기지 못하는 것은 아무 소용없는 짓입니다. 하지만

여자이기 때문에 겪어야 하는 것들

저는 다양한 자원을 축적하며 현재를 충실하게 살면서 노후에도 풍요롭게 지낼 방법이 있다고 생각합니다.

우리의 노후는 아주 길어졌습니다. 여성의 평균 수명은 80세가 넘어가고 있습니다. 이대로라면 90세까지 사는 사람들도 매우 많아질 것입니다. 그러니 우리가 60세까지 일을 한다고 해도, 이후 30년을 더 살아가야 하지요.

우선은 준비해둘 자원으로 가장 필요하면서도 가장 구하기 힘든 요소인 돈에 대해서 생각해봅시다. 자신이 연금을 얼마나 받을 수 있는지 모르는 사람이 생각보다 많습니다. 인터넷을 통해 조회하거나 우편으로 받는 연금 안내문을 확인하면 됩니다. 저는 국민연금을 낸 기간이 길었다고 생각했는데, 예상보다 적은 금액에 꽤 놀랐습니다. 특히 전업주부, 시간제 근로자, 자영업자이거나 의지할 수 있는 남편과 자식이 없다면 저와 마찬가지로 연금으로는 생활할 수 없다고 느낄 것입니다.

현행의 연금제도는 공무원과 기업에서 오랫동안 일한 고소득 회사원을 중심으로 만들어진 시스템입니다. 회사원이라도 수입이 적으면 연금도 적습니다. 그러나 국민연금이 없는 것보다는 있는 것이 훨씬 도움이 됩니다.

그뿐만이 아닙니다. 아무리 연금이 나와도, 내가 머물 수 있는 집이 없다면 불안할 수밖에 없습니다. 또한 의료비도 만만치 않습니다. 연금만으로 어떻게든 생활할 수 있더라도 병에 걸리면 끝입니다. 입원비, 간병비, 약값은 생각보다 많이 듭니다.

그렇다면 앞으로 얼마나 더 돈을 모아야 할까요? 한번 계산해보십시오. 자신이 앞으로 30년 동안 매달 일정 금액을 모은다면 총 얼마를 모을 수 있을지 말입니다. 그렇게 계산을 해보면, 의외로 매달 준비해야 하는 돈이 꽤 된다는 사실에 놀랄 것입니다

따라서 지금 가진 수준에서 꾸준히 돈을 모으는 것도 중요하지만, 자신의 수입 자체를 늘리는 게 더 중요합니다. 그리고 그 수입을 늘릴 수 있는 사람이 될 수 있도록, 자기 자신에게 꾸준히 투자하는 게 중요합니다. 오히려 이 방법이 더욱 현실적이라고 할 수 있습니다.

한 달에 얼마라도 좋으니 자신에게 투자해서 무엇이든 기술을 익혀두세요. 무엇인가를 가르치는 것도 좋고, 카페를 운영해도 좋습니다. 지금까지 일한 경험을 살려서 한 번쯤 하고 싶었던 직종에 도전해보는 것도 좋습니다. 회사에 속하지 않아도 할 수 있는 일은 아주 많습니다.

준비는 10년이면 충분하지만, 빠르면 빠를수록 좋습니다. 빨리 준비하면 예행연습이 가능하고 실적을 쌓아갈 수도 있으니까요.

여자이기 때문에 겪어야 하는 것들

학생으로서의 시기를 첫 번째 무대, 일하는 시기를 두 번째 무대라고 생각했을 때, 노후는 길고 긴 세 번째 무대입니다. 이때 자신이 무엇을 할 수 있을지 생각해보십시오. 그냥 버틴다고만 생각하면 안 됩니다. 뭔가 하고 싶은 일을 계획하고 지금부터 찬찬히 그 일을 위한 능력을 준비해보십시오. 그렇게 노후를 설레는 마음으로 받아들여야 합니다.

나이 든 여성들 중에는 직업이 없는 사람이 압도적으로 많지만, 활기차게 일하는 여성도 꽤 있습니다. 제가 요즘 주목하는 여성은 98세 현역 사진가인 사사모토 쓰네코라는 분입니다. 그녀는 지금도 새로운 피사체를 구하면서 의욕적으로 작품 활동을 하고 있습니다. 그녀처럼 살고 싶다고 생각하자 갑자기 해야 할 일이 많아졌습니다. 아직 갈 길이 멀다는 생각에 바짝 긴장됩니다. 아직까지 우리 주변에는 롤 모델이 많지 않지만, 곧 생겨날 것입니다. 여러분도 '내가 바로 노년의 롤 모델이 되어야겠다'라고 생각해보기 바랍니다.

또 하나 노후를 대비하기 위해서 권하는 것은 '누군가와 함께 살기'입니다. 특히 독신 여성에게 이 문제는 중요합니다. 처음부터 독신이거나, 이혼이나 사별로 인해 독신으로 사는 여성들이 많아지고 있습니다. 이럴 때 혼자 사는 것보다는 누군가와 함께한다면 경제적으로 훨씬 도움이 됩니다. 남성이든 여성이든 형제든 친구든 상관없습니다. 2명도 좋고 3명도 좋고 4명도 좋습니다.

혼자 집을 빌려 혼자 밥을 먹고 혼자 각종 세금을 내기보다는 누군가와 함께하는 게 합리적입니다. 노후에 서로 도움을 주고받으며 살 수 있는 사람이 가까이에 있으면 든든할 것입니다. 가족처럼 지내야 한다는 말이 아니라, 잠시만 같이 살기도 하고 때때로 함께 사는 상대를 바꾸는 등 유연하게 생각하면 타인과 함께 사는 것도 크게 부담스럽지 않을 수 있습니다.

나이를 먹으면서 사람을 만나는 것도 꺼리고 사는 곳을 옮기고 싶어 하지 않는 사람도 있습니다. 하지만 노후에 가장 불리한 사람은, 가족도 없고 돈도 없는 독신 여성입니다. 20년 후, 30년 후의 시대에서 살아남기 위해서는 어느 정도의 유연함과 씩씩함이 필요합니다. 그러한 점이 부족하다면 지금부터라도 예행연습을 하길 바랍니다. 노후를 살아가려면, 함께 사는 사람뿐만 아니라 서로 돕는 사람이 반드시 필요합니다. 자신이 할 수 있는 것을 제공하고 반대로 또 도움을 받는 상부상조의 안전망은 이제 개인이 만들어가야 합니다.

살고 있는 장소를 바꾸는 것도 하나의 대책입니다. 외국으로 이주하거나 시골로 가서 사는 등 생활비가 적게 드는 장소로 이사하는 것입니다. 대부분은 부부가 함께 이사를 하지만, 외국에서 드물

여자이기 때문에 겪어야 하는 것들

게 혼자 이주한 독신여성을 만날 때도 있습니다.

다만 외국이나 지방으로의 이주는 낯선 장소에 익숙해질 수 있을지가 가장 큰 관건입니다. 관련 전문가의 이야기를 들어보니, 이주하고 3년 안에 다시 돌아오는 사람이 절반 이상이라고 합니다. 왜 3년인가 하면, 1, 2년은 찾아오는 친구 대접도 하고 지역에 익숙해지는 데 정신이 없어 바쁘게 지냅니다. 그러다 3년째부터는 할 일이 없어지고 질병에 대한 불안도 생기면서 다시 돌아온다고 합니다. 타이완에서도 가끔 은퇴하고 온 일본 사람을 만날 때가 있습니다. 타이완은 타이페이를 제외하고는 생활비가 일본의 절반밖에 안 듭니다. 일본에 대한 감정도 좋고 치안도 기후도 적당해서 비교적 일본인이 살기 좋은 장소입니다.

그들 중 오랫동안 타이완에 사는 사람들은 무엇인가 '할 일'이 있는 사람들입니다. 남편은 현역 시절의 경험을 살려서 봉사 활동에 나가 기술을 제공하거나, 부인은 일본어와 꽃꽂이 등을 가르치는 등의 활동을 하는 사람들이 오래 남습니다. 이주한 곳에 익숙해지고 자신을 필요로 하는 사람이 생기면, 이제까지 살아보지 않은 낯선 곳이라고 해도 즐거운 노후 생활을 보낼 수 있습니다.

마지막으로 노후를 보내는 데 가장 중요한 것이 있습니다.

우리 인생에는 아직 많은 가능성이 남아 있습니다. 20대, 30대일

266

때보다 훨씬 더 큰 변화가 일어나는 것이 이후의 10년입니다. 그렇기 때문에 더욱 적극적으로 내 인생을 받아들여야 합니다. 일하는 조건과 분야도 완전히 달라질 수 있고, 같이 사는 사람도 바뀔 수 있습니다. 그러니 사는 곳이 달라지는 것 정도는 큰 변화도 아니라고 생각해야 합니다.

10년 후를 산다는 것은 바로 이런 의미입니다. 내 삶의 설계도가 아직 많이 남아 있다는 뜻입니다. 10대나 20대에 만들어진 설계도로 80세, 90세까지 살 수는 없는 일입니다. 그러니 한 해 한 해 나이가 들어갈 때마다 새롭게 설계한다는 생각을 가져야 합니다. 내 인생이 1층짜리 집에서 끝나는 게 아니라 2층, 3층으로 점점 더 층수를 높이면서 하나의 큰 집을 만들어나간다고 생각해야 합니다. ◇

여자이기 때문에 겪어야 하는 것들

에필로그

한국의 여성들에게

한국의 여성분들과 이 책을 통해 다시 한 번 대화를 나눌 수 있게 되어 진심으로 기쁘게 생각합니다.

한국에서 책이 출판된 것을 계기로 한국 여성들과 많은 생각을 공유할 기회를 가졌습니다. 한국 여성들도 매일 일과 생활 속에서 다양한 문제에 부딪히며 힘들어하고 미래에 대한 불안감을 품고 있었습니다. '그래, 나도 같은 고민을 해왔지!'라며 우리가 안고 있는 과제는 같다는 생각을 했습니다.

여성들은 30세 전후를 경계로, 성장하는 사람과 성장이 멈추는 사람의 차이가 크게 벌어지기 시작하는 것 같습니다. 이전에 출판된 《서른에서 멈추는 여자, 서른부터 성장하는 여자》에서는 성장하는 여성들이 어떤 생각과 행동을 하는지, 그 습관에 대해 전했습니다.

그리고 이 책《10년 전을 사는 여자, 10년 후를 사는 여자》에서는 그러한 자질을 익힌 여성들이 자신이 원하는 방향과 자신만의 속도로 진정한 행복에 다다르는 데 필요한 지식을 적었습니다.

10년이란 시간은 지나고 나면 순식간에 불과하지만, 무엇인가를 쌓아가기에는 충분한 시간입니다. 일도, 결혼이나 육아도, 인간관계도, 10년이라는 세월을 지속하면 무엇하고도 바꿀 수 없이 소중하고 커다란 가치가 만들어집니다.

중요한 것은, 막연하더라도 좋으니 10년 후를 확실하게 응시하는 자세입니다. '10년 후에는 이런 모습이었으면 좋겠어'라거나 '10년 후에는 이런 일을 해내는 사람이 되고 싶어' 하는 식으로 일정한 목표를 세운 사람과 하루하루를 그저 흐르는 대로 떠밀려 지내는 사람의 10년 후 결과는 완전히 다릅니다.

10년 후를 생각하는 사람은 그에 걸맞은 준비를 하며 전진하고, 그에 어울리는 선택과 행동을 합니다. 갈피를 못 잡아 헤매기도 하고 지칠 때도 생기며 궤도를 수정해야 할 때도 있지만, 목표를 향해 계속 걷습니다. 아무것도 생각하지 않은 사람은 '앞이 보이지 않아!'라며 불안해하고 방향을 잡지 못한 채 계속 진로를 벗어나버립니다.

10년 후를 생각해야 하는 진짜 이유는 원하는 '미래'에 도착하기 위해서가 아닙니다. 성장과 충실함, 그리고 행복을 느끼는 '지금'의 자신을 만들기 위해서입니다. 에너지가 가득한 '지금'을 차곡차곡 쌓아간다면, 그 연장선에 있는 '미래'는 어떤 모습이 되더라도 최고의 상태로 다가올 것입니다.

이 책은 일, 결혼, 가정 등에서 10년 후의 밝은 모습을 그려나가기 위해 알아야 할 것을 시대의 흐름이나 사회적 배경 등을 포함하여 전하고 있습니다. 현대를 살아가기 위해서는 '나'와 '세상'의 구조를 아는 힘이 꼭 필요합니다. 장점만이 아닌 주의점도 제대로 알고 있어야만 흔들림 없이 대책을 세워 나아갈 수 있습니다.

여러분이 인생 계획을 세울 때, 작전 회의 도구로 이 책을 사용할 수 있다면 좋겠습니다. 여성에게 30대는 자신의 길을 정해가고 지식과 경험을 준비해서 인생의 즐거움과 재미, 그리고 멋을 제대로 느낄 수 있는 시기이기도 합니다. 자유로운 여행을 즐기는 기분으로 자신이 '어디까지 갈 수 있을지', '무엇을 할 수 있을지', '어떤 풍경을 볼 수 있을지'를 기대하면서 설레는 마음으로 당당히 걸어 가시기 바랍니다. ◇

에필로그

옮긴이 **송소영**

한국에서는 식품공학을 전공했으며 일본 레이타쿠 대학에서 일본어를 전공하고, 같은 대학 대학원의 언어교육연구과에서 석사를 취득했다. 글밥 아카데미 출판번역 일본어 과정을 마친 후 바른번역에서 활동하고 있다. 저자의 마음까지 함께 전하는 번역을 위해 끊임없이 노력하며 좋은 책 소개를 위한 번역 기획 활동도 하고 있다. 옮긴 책으로는 《1일 1선》, 《마흔, 인간관계를 돌아봐야 할 시간》, 《전하고 싶은 일본의 맛》 외 다수가 있다.

10년 전을 사는 여자 🌿 10년 후를 사는 여자

초판 1쇄 발행 2014년 4월 14일

지은이 아리카와 마유미 옮긴이 송소영
발행인 서영택 본부장 이흥 편집인 김보경 편집장 김지혜
편집 신나래 디자인 이승욱 교정 박성혜
제작 한동수 마케팅 임종훈 이현은 박종원 이은미 국제업무 나현숙
발행처 (주)웅진씽크빅 출판신고 1980년 3월 29일 제406-2007-00046호
임프린트 웅진지식하우스 주소 서울시 종로구 인사동9길 27 가야빌딩 5층
주문전화 02-3670-1173, 1595 팩스 02-3670-5417
문의전화 02-3670-1098(편집) 02-3670-1123(마케팅)

홈페이지 http://www.wjbooks.co.kr
페이스북 http://www.facebook.com/wjbook
트위터 @wjbooks

한국어판 출판권 © 웅진씽크빅, 2014
ISBN 978-89-01-16441-0 03830

이 책의 한국어판 출판권은 Shinwon Agency를 통해 PHP institute와의 독점계약으로 웅진씽크빅에 있습니다. 저작권법에 의해 한국 내에서 보호를 받는 저작물이므로 무단전재와 복제를 금합니다.

이 도서의 국립중앙도서관 출판시도서목록(CIP)은 서지정보유통지원시스템 홈페이지(http://seoji.nl.go.kr)와 국가자료공동목록시스템(http://www.nl.go.kr/kolisnet)에서 이용하실 수 있습니다.
(CIP제어번호 : CIP2014010270)

책값은 뒤표지에 있습니다.
잘못된 책은 구입하신 곳에서 바꾸어 드립니다.